カフカ ショートセレクション

雑種

酒寄進一 訳　ヨシタケシンスケ 絵

理論社

出発

Der Aufbruch

おれは馬小屋から馬を引きだせと命じた。使用人はいうことをきかなかった。だから自分で馬小屋へ行き、馬に鞍《くら》をつけてうちまたがった。

遠くでラッパの音が聞こえた。あれはなんの合図だ、ときくと、使用人は知らないという。まったくどういう耳をしているんだ。

門のところで、使用人はおれを引きとめてたずねた。

「馬に乗ってどこへ行くんですか、だんなさま」

「知るもんか。ただここから離《はな》れるだけ。ここから離れるだけだ。どんどん離れる。そうすれば、おれは目的をはたせる」

「では、旅の目的がわかっていらっしゃるんですね？」

「そうとも。いったじゃないか。ここから離れる、と。それが目的だ」

「食べものをもっていらっしゃらないじゃないですか」

「そんなもの、いるもんか。旅は長い。途中《とちゅう》、なにも手に入らなければ、死ぬだけだ。食べものなどもっていってもなんにもならない。とにかく想像《そうぞう》を絶《ぜっ》する旅だ。うれしいかぎりだよ」

夢《ゆめ》

Ein Traum

ヨーゼフ《Josef》・Kは夢《ゆめ》を見た。

うららかな日和だった。Kは散歩をすることにした。二歩あるいたかと思ったら、墓地《ぼち》にいた。曲がりくねって歩きづらそうな人工の道が何本も伸《の》びている。そんな道の一本を、しぶきをあげる川の上をひたすらたゆたうようにすべっていく。

遠くに作られたばかりの土《ど》まんじゅうが目に入って、そこで止まることにした。なぜかその土まんじゅうにひかれた。そこにはすぐ着けそうに思った。その土まんじゅうがときどき見えなくなる。勢《いきお》いよくはためく旗に視界《しかい》をさえぎられるからだ。旗持ちの姿《すがた》はないが、しきりに歓声《かんせい》があがっているようだ。

遠くにばかり目を向けていたが、ふと気づくと、おなじような土まんじゅうがすぐそばの道ばたにあった。かと思うと、みるみる通りすぎそうになった。Kは急いで草むらに身をひるがえした。けりあげた足の下を道がそのまますべっていったため、体勢《たいせい》をくずして、土まんじゅうの真ん前にひざをついた。

墓《はか》のうしろには男がふたり立っていて、墓石《はかいし》をもちあげている。Kを見るなり、ふたりはその墓石を地面につきさした。墓石はコンクリートづけされたようにしっかり立った。

すると、やぶから三人目の男がでてきた。すぐに芸術家《げいじゅつか》だとわかった。男が身に着けているのはボタンをとめまちがえたシャツとズボンだけで、頭にはビロードのキャップをかぶっている。手にはふつうの鉛筆《えんぴつ》をもっていて、近づくうちからもう宙《ちゅう》になにやら書きだしていた。

男は鉛筆を墓石の上にあてがった。墓石は高かったので、かがみこむ必要はなかったが、それでも腰《こし》をまげざるをえなかった。男は土まんじゅうに足をのせようとしなかったので、墓石と距離《きょり》があったのだ。男はつま先立ちになり、左手を墓石の表面についた。ただの鉛筆なのにじつに巧《たく》みな筆さばきで金文字が書かれていく。

「ここに眠《ねむ》る」

ひと文字ひと文字、くせがなく、美しかった。深く彫《ほ》りこまれ、金色にかがやいている。そこまで書いたとき、男はKをふりかえった。

つづきが気になっていたKは、男にほとんど目もくれず、墓石《はかいし》ばかり見ていた。

男は書きつづけようとしたが、すぐに鉛筆《えんぴつ》をとめた。なにか引っかかりがあるようだ。鉛筆を置くと、またしてもKのほうをふりかえった。Kもその芸術家《げいじゅつか》を見て、相手がすっかり困惑《こんわく》していることに気づいた。しかし理由がいえずにいる。さきほどまでの元気がない。Kもまごついた。ふたりはおどおどと顔を見かわす。ひどい誤解《ごかい》があって、おたがいそれを解《と》くことができずにいるようだった。

間のわるいことに、墓地《ぼち》にある礼拝堂《れいはいどう》の小さな鐘《かね》が鳴りだした。ところが、芸術家が手をふりあげると、鐘が静まった。しばらくしてまた鐘が鳴りだした。今度はとても小さく、節度をわきまえ、すぐに音がとぎれた。まるで響《ひび》きをたしかめているような感じだ。

芸術家の立場を思うと切なくなって、Kは泣きだし、長いこと顔を手でおおってしゃくりあげた。

芸術家はKが落ち着くのを待ち、ほかにすることもないので、また文字を書きだした。そこに引かれたさいしょの小さな線を見て、Kは救われた思いがした。しかし芸術家はあきらかに気に入らないようだ。文字に美しさはなく、金色でもない。線の彫りは浅く、たよりなく、文字の大きさばかりがやけに目立った。それは「J」に見えた。ほぼ書き終わったところで、芸術家は腹《はら》を立て、片足《かたあし》で土まんじゅうを踏《ふ》みつけた。土があたりに飛びちった。

ようやくKは合点した。あやまっている暇《ひま》などもうないのだ。両手で地面を掘《ほ》る。ほとんど抵抗《ていこう》もなく掘れてしまう。どうやらなにもかも準備《じゅんび》されていたらしい。土くれは形ばかりに盛《も》られているだけだった。その下には垂直《すいちょく》にうがたれた大きな穴《あな》があった。

おだやかに流れるような動きでKは仰向《あおむ》けになり、穴に沈《しず》みこんだ。頭を起こした状態《じょうたい》で、底なしの深みへとどんどん落ちていく。見ると、上では彼《かれ》の名が堂々《どうどう》とした飾《かざ》り文字で墓石《はかいし》にきざみつけられていく。

それをうっとり眺《なが》めているところで、彼は目を覚ました。

判《はん》決《けつ》 ある物語

Das Urteil Eine Geschichte

Fにささぐ

日曜日の午前中、この上なくうるわしい春の日のことだった。年若《わか》い商人ゲオルク・ベンデマンは、二階の自室で机《つくえ》にむかっていた。自宅《じたく》は川沿《ぞ》いにずらりと軒《のき》をつらねる家並《いえな》みの一軒《けん》で、どの家も背《せ》が低く、簡素《かんそ》な作りだった。ちがうのは屋根の高さと壁《かべ》の色くらいだ。彼《かれ》は、外国にいる幼《おさな》なじみに手紙をしたためたばかりで、もったいぶってゆっくり封《ふう》をすると、机に片《かた》ひじをつき、窓《まど》の外を見た。川面、橋、新緑に萌《も》えはじめた対岸の丘《おか》を。

彼は友のことを思った。家でくすぶっていることに、じくじたる思いを抱《いだ》いた友は数年前、文字通り逃《に》げるようにしてロシアへ旅立った。サンクトペテルブルグにかまえた店は、はじめこそ順調だったものの、だいぶ前から商売に行きづまっているらしい。なかなか帰郷《ききょう》することができないとこぼしている。けっきょく異国《いこく》であるくせく働いただけということだ。顔一面の異様《いよう》なひげは、子ども時代から見慣《みな》れた顔には似合《にあ》わず、皮膚《ひふ》の黄変はなにか病気の進行を暗示《あんじ》しているように思えてしかたがない。友にいわせると、そこに定住した同郷《どうきょう》の人々《ひとびと》とは馬が合わず、かといって土地の人たちともほとんど没交渉《ぼっこうしょう》で、独身《どくしん》をつらぬく覚悟《かくご》を決めたという。

こういう男になにを書いたらいいのだろう。あきらかに道を踏《ふ》みあやまった男だ。気の毒だが、救いの手はさしのべられない。家にもどってこいというのか。生活の基盤《きばん》をこちらへ移《うつ》し、仲間たちと旧交《きゅうこう》を温めればいいと勧《すす》めるのか――それはかまわないが――。そしてついでに、仲間を頼《たよ》ればいいと耳打ちするか。

しかしそう思いやっても、あいつを傷《きず》つけるだけかもしれない。これまでの試みは失敗に終わったんだ。見切りをつけろよ。こっちへ帰ってくれば、みじめな姿《すがた》をみんなにさらすしかないだろう。理解《りかい》してくれるのは友人くらいかもしれない。でも年をくった子どものようなものなんだから、こっちで成功した仲間をだまって見習うことだ。そう告げるのに等しいではないか。そんなことをしてもあいつを苦しめるだけで、なんにもならないのではないだろうか。そもそもあいつを家につれもどすこと自体がむずかしいだろう。――故郷《こきょう》の事情《じじょう》にすっかり疎《うと》くなってしまった、とあいつは自分でいっている――。だから意地でも異郷《いきょう》にとどまり、大きなお世話だと腹《はら》を立て、友人たちともますます距離《きょり》を置いている。かりに忠告《ちゅうこく》にしたがって帰ってきたらどうなるだろう。――そんなつもりはなくても諸般《しょはん》の事情というやつで――気持ちがすさみ、仲間がいようがいまいが、あのまま異郷にとどまったほうがましだったということにならないだろうか。考えれば考えるほど、あいつはこちらではうまくやれそうにない。

というわけで、手紙のやりとりをつづけたい気持ちはやまやまだが、ただの知り合いに遠慮《えんりょ》なく書けるような話題すらふることができなくなっていた。友はもう三年以上故郷にもどっていない。ロシアの政情《せいじょう》が不安定なのでしかたがないという。しがない店主の身では一時も店を留守《るす》にするわけにいかないというのだ。何十万人ものロシア人が平気で世界を歩きまわっているというのに。

ところで、この三年のあいだに、ゲオルクの身のまわりではいろいろなことが起こっていた。二年ほど前に母が死に、それ以来、老いた父と同居《どうきょ》している。そのことを友はどこかで聞き知ったらしく、悔《く》やみの手紙を書いてよこしたことがある。だが、そのそっけない文面といったらない。異郷にいると、こうしたことへ悲しみの情《じょう》も湧《わ》かなくなるものらしい。

ゲオルクはその頃《ころ》から、なにごとにも全身全霊《ぜんれい》で打ちこむようになった。仕事も例外ではない。母が生きていた頃は、本気で仕事をする気になれなかった。原因《げんいん》はおそらく父にある。父は自分の考えを押《お》しとおしてばかりいたからだ。その父もつれあいに先立たれてからは、あいかわらず働いてはいても、仕事にそれほど口をださなくなった。それがよかったのかもしれない。また——えてしてそういうものだが——幸運な偶然《ぐうぜん》が重なったおかげともいえそうだ。とにかく商売はこの二年で思いのほか繁盛《はんじょう》し、従業員《じゅうぎょういん》は二倍、売り上げは五倍となり、この先さらなる発展《はってん》が見こまれている。

しかし友のほうは、こうした変化をまったく知らずにいる。以前、たしか例の悔《く》やみの手紙で書いてきたのがさいごだったと思うが、ロシアに移住《いじゅう》しろとゲオルクを説き伏《ふ》せようとしたことがある。サンクトペテルブルグに支店《してん》をひらけば前途《ぜんと》洋々《ようよう》だというのだが、そこにならべられた数字は、ゲオルクの現在《げんざい》の取引高に比《くら》べると、あまりにとるに足らないものだった。しかしゲオルクは、自分が左団扇《ひだりうちわ》であることを友に書く気になれなかった。いま頃《ごろ》になって教えたりすれば、よけいおかしく思われるだろう。

そんなわけでゲオルクはいつも、たわいないこと、のどかな日曜日にとりとめもなく思い描《えが》くようなことばかりを書いてきた。友が長く離《はな》れているあいだにふくらませ、だいじにしている故郷《こきょう》のイメージをこわしたくなかったからだ。どうでもいいような他人の婚約《こんやく》話を書いたのも、そうした事情《じじょう》からだ。ところが、間を置いて送った三通の手紙にくりかえし書いたものだから、意外にも友の興味《きょうみ》をそそってしまった。

しかし、自分のことを打ち明けるくらいなら、そうしたたわいのない話を書きつづるほうがましだ。じつはゲオルク自身が一ヶ月前、フリーダ・ブランデンフェルトという裕福《ゆうふく》な家の娘《むすめ》と婚約していたのだ。ゲオルクは折にふれてロシアにいる友人のことを婚約者に話し、特別な文通がつづいていることを明かした。

「では、その方はわたしたちの結婚式《けっこんしき》に来てくれないのね」と彼女《かのじょ》はいった。「でもわたし、あなたのお友達とのこらず知合いになりたいのに」

「あいつにむりをさせたくないんだ」ゲオルクは答えた。「いいかい、いえばあの男はきっと来る。すくなくともぼくはそう信じている。だけど、しぶしぶさ。やっかいなことだと思うはずだ。もしかしたらぼくをうらやみ、不満を抱《いだ》き、気持ちの晴れないままひとりで帰ることになるだろう。たったひとりで――それがどういうことかわかるかい？」

「わかるわ。でもその方、別の形でわたしたちが結婚《けっこん》したことを耳にしたりしないかしら？」

「そのときはしかたないさ。だけど、あいつの暮《く》らしぶりを考えたら、まずありえないだろうな」

「ゲオルク、そんなお友達がいるのなら、婚約《こんやく》なんてしなければよかったのに」

「そうだね。これはぼくたちふたりの責任《せきにん》だ。でも、いまさらどうしようもない」

それからゲオルクの接吻《せっぷん》を浴びて、彼女《かのじょ》は息をはずませながらいった。

「やっぱり会えないのはいやだわ」

ゲオルクは友に洗《あら》いざらい打ち明けてもだいじょうぶかもしれないと思いなおし、あるがままに受け入れてもらおうと自分にいいきかせた。いまの自分はあいつの友《ゆう》情《じょう》にふさわしいとはいえない、これではいけない、と。

そして、この日曜日の午前中にしたためた長い手紙のなかで、婚約したことをつぎのように書いた。

「さいごにとっておきのニュースがある。フリーダ・ブランデンフェルトと婚約した。裕福《ゆうふく》な家の娘《むすめ》だ。きみがここを去ってだいぶたってから移《うつ》り住んできたんだ。

だからきみはおそらく知らないはずだ。婚約者《こんやくしゃ》についてはいずれ詳《くわ》しく書く機会もあるだろう。ぼくはとても幸せだ。今後もぼくらの友情に変わりはない。ただの友人が幸せな友人になったというちがいしかない。まあ、今回はこのくらいで勘弁《かんべん》してくれ。それから、婚約者がきみによろしくといっている。今度は自分できみに手紙を書くそうだ。これできみには、誠実《せいじつ》な女友達がひとりできたことになる。独《ひと》り身のきみにとってはなかなかいい話じゃないか。いろいろ事情《じじょう》があってもどってこられないことはわかっている。だけど、ぼくの結婚式《けっこんしき》は、万難《ばんなん》を排《はい》する絶好《ぜっこう》の機会ではないだろうか？　まあ、それはともかく、遠慮《えんりょ》はするな。よかれと思うことをしてくれ」

この手紙を手にして、ゲオルクは顔を窓《まど》に向けたまま、しばらく机《つくえ》の前にすわっていた。横丁を通りかかった知人にあいさつされたが、ゲオルクはぼんやり笑みを返しただけだった。

やがて手紙をポケットに入れると、部屋をでて、小さな廊下《ろうか》を横切って父の部屋に入った。そこに足を踏《ふ》み入れるのは数ヶ月ぶりだ。必要に迫《せま》られなかったからだ。父とは絶《た》えず店で顔を合わせるし、行きつけの食堂でいっしょに昼食をとることにしている。夜はお互《たが》い好きなようにすごす。ゲオルクはたいてい仲間で集まったり、婚約者《こんやくしゃ》を訪《たず》ねたりすることにしている。そうでないときは、しばらくのあいだ居間《いま》で互いに好きな新聞を読んですごすこともあった。

ゲオルクは、父の部屋が真っ暗だったので面食らった。日がさんさんとかがやく午前だというのに。狭《せま》い中庭のむこうにそびえている塀《へい》が、長い影《かげ》を投げかけていたからだ。父は、亡《な》くなった母の思い出の品を飾《かざ》っているコーナーの窓辺《まどべ》にすわって、衰《おとろ》えた視力《しりょく》を補《おぎな》おうというのか、新聞をななめにかざして読んでいた。机《つくえ》の上には朝食ののこりがのっている。あまり手をつけていないようだ。

「ああ、ゲオルクか!」そういって、父は彼《かれ》のほうへ歩いてきた。ずっしりしたガウンの前がはだけて、すそが足元にまとわりついた。――父さんはあいかわらず大きい、とゲオルクは思った。

「ここは暗くてかなわないね」彼はいった。

「ああ、たしかに暗い」父は答えた。

「窓《まど》までしめっぱなし？」

「そのほうがいいんだ」

「外はけっこう暖《あたた》かいのに」前のことばにつけたすようにいうと、ゲオルクは腰《こし》を下ろした。

父は朝食の食器を片《かた》づけ、戸棚《とだな》にのせた。

「ちょっと話があるんだ」老父のうごきをぼんやり見ながらいった。「婚約したことをサンクトペテルブルグへ知らせることにしたよ」手紙をポケットから少し引っぱりだして、すぐにもどした。

「サンクトペテルブルグへ？」父がたずねた。

「ほら、ぼくの友達」そういって、ゲオルクは父の目をうかがった。――店にいるときとずいぶんちがうなと思った。どっかとすわって腕組《うでぐ》みをしている。

「ああ、おまえの友人な」父はことばに力をこめた。

「父さんも知っているだろう。婚約《こんやく》したことは内緒《ないしょ》にしていた。気をつかったんだ。ただそれだけの理由。ほら、あいつ、気むずかしいから。そのうち人づてに婚約のことを耳にして、ぼくからは聞かされていなかったなんてことになるとね。まあ、人付き合いがわるい奴《やつ》だから、その可能性《かのうせい》は低いけど――こればかりはどうにもならない――」

「それで、気が変わったのか?」そうたずねると、父は窓枠《まどわく》に大判《おおばん》の新聞を置き、その上に眼鏡《めがね》をのせて片手《かたて》で押《お》さえた。

「ああ、気が変わったんだ。親しい友達なんだから、ぼくの幸せな婚約をよろこんでくれると思う。だからもう迷《まよ》わず知らせることにした。手紙を投函《とうかん》する前に父さんにそのことをいっておこうと思って」

「ゲオルク」そういって、父は歯のない口を引きむすんだ。「いいか、よく聞け! おまえはこのことでわたしに相談しにきた。それはいいことだ。まちがいない。しかし本当のことを洗《あら》いざらいいわんのなら、なんにもならんぞ。いや、もっとわるい。関係のないことでつべこべいう気はないんだ。だいじな母さんが死んでから、気に入らないことがいろいろあった。いずれそのことを問題にするときが来るだろう。意外と早く来るかもしれん。商売でも、わからないことが多々《たた》ある。隠《かく》しごとをしているわけではないだろうがな——隠しているなどと勘《かん》ぐりたくない——わたしも、もうろくしてきた。物忘《ものわす》れもひどい。すべてに目を光らせることなどできるものではない。こればかりは自然のなりゆきだ。それに母さんに死なれて、気落ちした。それはおまえの比《ひ》ではない。——しかしこの件《けん》、つまり手紙のことが話題になったからいう。ゲオルク、わたしをだますな。ささいなことだ。たいした価値《かち》はない。だから、わたしをだますな。サンクトペテルブルグに本当にそんな友人がいるのか？」

ゲオルクは当惑《とうわく》して立ちあがった。

「話題を変えよう。千人の友人だって父さんには代えられない。いいかい、もっと自分をだいじにしてよ。年相応《としそうおう》にしてくれないと。父さんはうちの商売のかなめだ。わかっているはずだろう。でも、商売が父さんの健康を損《そこ》ねるなら、ぼくは明日にも店をたたむ。たたむしかないんだ。ぼくらは父さんのために別の生き方をするほかない。それも根本から別の生き方をね。こんな暗いところにすわっているなんて。居間《いま》なら明るいのに。朝食だってちょっと口をつけるだけ。それじゃあ、力がつかないだろう。窓《まど》はしめきり。外気を入れたほうが気持ちがいいのに。勘弁《かんべん》してよ、父さん！　医者をつれてくるから、いわれた通りにしようよ。部屋をとりかえよう。父さんは表の部屋に行って、ぼくがこっちに移《うつ》る。生活が変わったりはしない。父さんの持ち物を全部うごかせばいいんだから。でもすぐにそこまではできないから、いまはベッドにすこし横になるといい。絶対《ぜったい》に休んだほうがいい。ほら、服をぬぐ手伝いをしてあげる。それとも、いますぐ表の部屋に来るかい。なんならぼくのベッドで寝《ね》てもいい。そうだ、そのほうがいいかも」

ゲオルクは父のすぐそばに立った。父のぼさぼさの白髪頭《しらがあたま》が深くうなだれていた。

「ゲオルク」父はじっとしたまま小さな声でいった。

ゲオルクはすぐ父のそばにひざまずいた。父のくたびれた顔、異様《いよう》に大きくひらいた瞳孔《どうこう》。父は横目でじろっとにらんでいた。

「おまえにはサンクトペテルブルグの友人などいない。おまえはむかしから調子がよくて、わたしのこともうまくいいくるめてきた。そして今度は、そんなところに友人がいるというのか！　まったく信じられん」

「よく考えてみてよ、父さん」そういって、ゲオルクは父を椅子《いす》から助け起こした。父はふらふらしている。ゲオルクはガウンをぬぐ手伝いをした。「かれこれ三年くらいになるかな。あいつがうちに訪《たず》ねてきたことがある。父さんはあいつのことがあまり気に入らなかったみたいだった。よく覚えているよ。だから二度ほどあいつが来ていることを父さんに隠《かく》した。じつはぼくの部屋に来ていたんだけどね。父さんがきらう気持ちはわかる。あいつは変わり者だからね。でもそのうち仲よくおしゃべりしていたじゃないか。父さんはあいつの話に耳をかたむけ、うなずき、質《しつ》問《もん》をした。ぼくはうれしかったな。よく考えてごらんよ、思いだすから。あいつはあのとき、ロシアで革命《かくめい》が起こるなんていう途方《とほう》もない話をしていたっけ。商用でキエフを訪《たず》ねたとき、暴動《ぼうどう》にでくわし、バルコニーに立った司祭が手のひらに血の十字架《じゅうじか》をきざんで、それをかざしながら群衆《ぐんしゅう》に呼《よ》びかけているのを見たといっていただろう。父さん自身がその話を方々《ほうぼう》で吹聴《ふいちょう》したじゃないか」

そのあいだにゲオルクは、父をうまいこと椅子《いす》にすわらせ、リネンのパンツの上にはいていたトリコット編《あ》みのズボンと靴下《くつした》をそっとぬがした。お世辞にもきれいとはいえない下着を見て気がとがめた。父が下着をとり替《か》えているか注意するのは息子のつとめだ。さて、父をこれからどうしたものか、婚約者《こんやくしゃ》と話し合ったことはないが、暗黙《あんもく》のうちに、父にはこの古い家にひとり住まいしてもらうのが当然と思いこんでいた。だがこのときゲオルクは、父を新居《しんきょ》に引きとるほかないと思った。よく考えたら、新居で父の世話をしても遅《おそ》きに失している気もしたが。

両腕《りょううで》で父を抱《かか》えてベッドへ運ぶ。ベッドへすこし歩を進めたとき、ゲオルクはぎょっとした。ゲオルクが胸《むね》にかけている時計の鎖《くさり》を父がもてあそんでいたのだ。こんなにしっかり鎖をつかまれていたのでは、このまますぐベッドに寝《ね》かすことができない。

しかしベッドに寝ると、父は満足したのか、自分で毛布《もうふ》をかぶり、首まで引きあげた。ゲオルクを見あげる父のまなざしに不機嫌《ふきげん》なようすはなかった。

「どうだい、彼《かれ》のことを思いだした？」そうたずねて、ゲオルクは元気づけるようにうなずきかけた。

「毛布をうまく丸めこんだか？」父がきいた。足がちゃんと毛布にくるまっているか、わからないらしい。

「やっぱりベッドのなかがいいんだね」そういって、ゲオルクは毛布で父の体をくるみなおした。

「わたしをうまく丸めこんだか？」父がまたきいた。返事が気になるようだ。

「だいじょうぶ、うまく丸めこんだから」

「けしからん！」父はさけんだ。思った通りの返事だったのだ。父は毛布《もうふ》をはらいのけた。力任《ちからまか》せにやったので、宙《ちゅう》で一瞬《いっしゅん》ぱっとひろがった。父はベッドの上にすっくと立った。天井《てんじょう》に軽く片手《かたて》をついている。

「このガキめっ、このわたしを丸めこんだというんだな。いや、まだ丸めこまれちゃおらんぞ。老いたりといえども、おまえには負けん。おまえを負かすくらいの力はある。むろんあの男のことはよく知っているとも。わが子といってもいいほどだ。だからおまえはあの男を長年だましてきたんだ。図星だろう？　わたしがあの男のことで涙《なみだ》を流したことがないと思っているな？　だからおまえは、自分の書斎《しょさい》に閉《と》じこもって、入室禁止《きんし》、仕事中とかいって——そのじつロシアへ送るでたらめな手紙を書いているだけではないか。だがな、息子の本性見抜《ほんしょうみぬ》いたり。そんなこと、人さまに教えてもらう必要もない。父親をうまくだましおおせたと思っているだろう。だまして、尻《しり》の下にしいた。もう身うごきできまいと、そう思ったな。だから、わが息子殿《どの》は結婚《けっこん》に踏《ふ》み切ったというわけだ！」

　ゲオルクは阿修羅《あしゅら》のごとき父をあおぎ見た。サンクトペテルブルグの友、父が突《とつ》然《ぜん》よく知っているといいだしたあいつのことが、いままでになく気にかかった。広大なロシアで途方《とほう》に暮《く》れている姿《すがた》が目に浮《う》かぶ。略奪《りゃくだつ》にあって、なにもない店。その戸口にたたずむ友。棚《たな》の残骸《ざんがい》、ずたずたにされた商品、垂《た》れさがったガス灯のアーム。そういうものに囲まれてかろうじて立っている。なにもあんな遠くまで行くことはなかったのに！

「おい、こっちを見ろ！」父がさけんだ。ゲオルクはほとんど放心状態《しょうたい》でベッドへ向かった。だが途中《とちゅう》で足が止まった。

「あの娘《むすめ》、スカートをめくって見せたんだろう」父は甘《あま》ったるい声をだした。「スカートをめくったんだ、あばずれめ」そして、実演《じつえん》しようと、寝間着《ねまき》をまくりあげた。戦争のときに受けたという太股《ふともも》の傷《きず》があらわになった。「あの娘がスカートをこうやって、ほら、こうやってめくったものだから、おまえはあの娘にほの字。あの娘と水入らずでしっぽり行きたいものだから、おまえは母さんの思い出をだいなしにして、友人をうらぎり、父親をベッドに押《お》しこんだ。父親が身うごきできないようにな。うごけるか、うごけぬか、ほら、よく見ろ」

そして父はすっと立ち、足をけりあげ、恍惚《こうこつ》とした。

ゲオルクは部屋のすみに立っていた。父からできるだけ離《はな》れようとして。ずいぶんと前のことだが、なにごともしっかり見きわめようと固く決心をしたことがある。そうすれば道草などせず、背後《はいご》や頭上から不意打ちをくらうこともないだろうと思ったのだ。長らく失念していたその決心が、いままた脳裏《のうり》によみがえり、よみがえったそばから、また消えた。針穴《はりあな》にせっかく糸を通してみても、糸が短かすぎて抜《ぬ》けてしまったというわけだ。

「だがおまえの友人だって、だまされていたわけではないぞ!」父はさけび、人さし指を立てて左右にゆらした。「かくゆうわが輩《はい》は、この町で彼《かれ》の代理人をしていたのである」

「とんだお笑い芸人だ!」ゲオルクはさけばずにいられなかった。手遅《ておく》れなのはわかりつつ、まずいと思って口をつぐもうとして――目をむいた――なんと舌《した》をかんでしまい、痛《いた》さに耐《た》えかね、かがみこんだ。

「そうとも、茶番を演《えん》じて見せたんだ！　茶番！　うまいことばだ！　ほかにどんな慰《なぐさ》めがおいぼれた男やもめの父親にあるというんだ？　いってみろ――答えるまでは、まぎれもないわたしの息子と認《みと》めてやるぞ――裏《うら》の部屋でろくでもない使用人に追いまわされ、老いさらばえたこの父に、ほかにどんな楽しみがあるというんだ？　そして息子はというと、意気揚々《ようよう》と世渡《よわた》りし、わたしが手塩にかけた店をたたみ、おもしろおかしく生きていて、父親の前ではおつにすました紳士面《しんしづら》！　わたしがおまえを愛していなかったとでもいうのか。わたしの種から生まれたおまえを？」

そろそろ力つきて前かがみになるぞ、とゲオルクは思った。「そのままころげ落ちれば、あの世行きだ」そんなことばが脳裏をかすめた。

父は前かがみになったが、ころげ落ちはしなかった。期待に反して、ゲオルクが近づかなかったので、父はまた体を起こした。

「そこにいるがいい。おまえなど用無しだ！　ここまでくる力があるのに、その気がないんだな。好きにするがいい。まったくおめでたい奴《やつ》だ！　いまでも、おまえなんぞに負けるものか。ひとりだったら尻《しり》ごみしたかもしれんが、わたしには母さんの力添《ちからぞ》えがあるし、おまえの友人ともしっかり手を組んでいる。おまえの得意先リストだって、ほらこのとおり、ポケットに入っているんだからな！」

なんて往生際《おうじょうぎわ》がわるいんだ、とゲオルクは思った。世間にいいふらせば、父は面目丸つぶれだ。だがそう思ったのは、つかのまのこと。彼《かれ》は常日頃《つねひごろ》、なんでもすぐに忘《わす》れる質《たち》なのだ。

「婚約者《こんやくしゃ》と腕《うで》でも組んで、かかってこい！　あんな女、はいて捨《す》ててやる。覚悟《かくご》しろ！」

ゲオルクは、そんなことを信じられるかというように顔をしかめた。父はゲオルクのいる部屋のすみに向かってうなずいた。自分がいっていることこそ真実だといわんばかりに。

「まったくお笑いぐさもいいところだ。婚約したことを友人に知らせるべきか相談にくるとはな。あの男はすべて知っているぞ、ぼけなす。なにもかも知っているのさ！　わたしがあの男に手紙を書いていたんだよ。筆記具をとりあげずにおいたのが運のつき。だからあの男はもう何年も帰ってこないんだ。おまえのことなら、あの男のほうが百倍詳《くわ》しい。おまえの手紙を読まずに左手でにぎりつぶしながら、右手でわたしの手紙を読むという寸法《すんぽう》さ！」

父は浮《う》かれて、片腕《かたうで》をふりあげ、「あの男は一千倍も詳しいのさ！」とさけんだ。

「それをいうなら、一万倍といったらどうです！」ゲオルクは父を茶化すつもりだったが、そのことばは口のなかにあるうちから殺気を帯びていた。

「わしはもう何年も前から、おまえがこのことでいずれ相談に来るだろうと待っていたんだ！　親の心、子知らず。新聞だって、読んじゃいなかった。ほら、これ！」そういって、ゲオルクに新聞を投げてよこした。父はいつのまにか新聞紙を一枚《まい》ベッドにもちこんでいた。古新聞だ。名も知らぬ新聞だった。

「まったくぐずだな。いったいいつになったら独《ひと》り立ちするんだ！　母さんは死んでしまった。よろこびの日を味わうこともなく。おまえの友人はロシアで落ちぶれて、三年前にはもう捨《す》て鉢《ばち》になっていた。そしてこのわたしはどうだ。おまえにも目はついているだろう！」

「つまり待ちかまえていたってわけか！」ゲオルクはさけんだ。

哀《あわ》れむような顔をして、父は気の毒そうにいった。

「もっと早くいわんとなあ。いま頃《ごろ》いっても間が抜《ぬ》けているだけだ」

それから声をはりあげた。

「これでようやくまわりが見えただろう。これまでのおまえには自分のことしかなかった！　無邪気《むじゃき》といえばいえなくもない。だがもっといってしまえば、おまえは悪魔《あくま》のごとき人間だ！　だから、よく聞け。これよりおまえに溺死刑《できしけい》をいいわたす！　おぼれて死んじまえ」

ゲオルクは部屋から放逐《ほうちく》されたような感覚を味わった。背後《はいご》で父がベッドにくずおれた。どさっというその音が耳にのこった。階段《かいだん》をまるで斜面《しゃめん》をすべるようにかけ下りて、部屋の朝の片《かた》づけに階段を上がろうとしていた家政婦《かせいふ》に襲《おそ》いかかる恰好《かっこう》になった。「きゃあ、イエスさま！」とさけんで、家政婦はエプロンで顔を隠《かく》したが、彼《かれ》はすでにいなくなっていた。

門から飛びだすと、せきたてられるように車道を横切り、川まで走った。橋の欄《らん》干《かん》をぎゅっとにぎりしめる。飢《う》えた者が食べ物に手をだすように。欄干を飛びこえる。体操《たいそう》の花形選手だったことをほうふつとさせる。おかげで若《わか》い頃《ころ》は両親の自慢《じまん》の息子だった。両手の力がしだいに抜けていくが、まだまだいける。欄干のあいだから乗合自動車が一台見えた。乗合自動車のエンジン音が、入水する音を容易《ようい》にかき消すことだろう。

ゲオルクは小さな声でさけんだ。

「親愛なる父、母へ、あなた方を愛してやまなかったのに」

そして、落下した。
それでも橋では、往来《おうらい》の途切《とぎ》れることがなかった。

皇帝《こうてい》の使者

Eine kaiserliche Botschaft

聞くところによると、一介《いっかい》の個人《こじん》である取るに足らない臣民、皇帝《こうてい》の御光《ごこう》にあたれば小さくしぼみ、はてしなく遠いところへ追いやられてしまう影《かげ》でしかない、そんなきみのところへ、皇帝が死の床《とこ》から使者をつかわしたという。寝床《ねどこ》のそばに使者をひざまずかせ、耳元でささやいた。そうとうだいじな話だったらしく、皇帝はいったことを復唱《ふくしょう》させ、うなずいてまちがいないことを認《みと》めた。

皇帝の面前には、その死を見守るべくたくさんの人々《ひとびと》がつめかけていた。じゃまになる壁《かべ》という壁がとりはらわれて、どこまでもつづく、高くのびる外階段《かいだん》に輪をつくるようにして帝国《ていこく》のえらい人たちが立っていた。

皇帝は使者を送りだした。使者はさっそく出立した。たくましく、疲《つか》れを知らない男だ。左右の手で群衆《ぐんしゅう》をかきわける。じゃまをする者には、使者のあかしである、胸《むね》にかがやく太陽の印をしめした。だれにもまねできないほどすいすい進んでいく。しかし群衆はおびただしく、彼《かれ》らの住居《じゅうきょ》もはてしがない。ひらけたところに出れば、使者は飛ぶように走る。きみはすぐに戸をたたくありがたいノックの音を聞くことになりそうだ。

ところが、そううまくはいかなかった。使者はいたずらにもがいていた。行けども、行けども、宮殿《きゅうでん》の一番奥《おく》の部屋がつづく。どうやっても、そこからでられそうにない。たとえそれがうまくいったとしても、それで終わりではない。階段をけんめいにかけおりる必要がある。たとえそれがうまくいったとしても、それで終わりではない。今度は中庭をつぎつぎと横切らなければならない。そしてその先には第二の宮殿がとりまいている。ふたたび階段と中庭が待っている。そしてまた別の宮殿が。全部通り抜《ぬ》けるには数千年はかかる。

まあ、ありえないことだが、それでもついに外門からでられたとする。使者の目の前には、この世の中心にして、ごみごみとした帝都《ていと》がひろがっている。ここを通りぬけることなど、何人にもできはしないだろう。しかも使いをだした当の本人はとっくに亡《な》くなっているはず。

それでもきみは、窓辺《まどべ》にこしかけて、日が暮《く》れるたびに、知らせが来るのを夢見《ゆめみ》ているんだろうな。

田舎《いなか》医者《いしゃ》

Ein Landarzt

よわったぞ。一刻《いっこく》も早くでかけなければならないのに。十マイルも離《はな》れた村で患《かん》者《じゃ》がわたしを待っている。はげしい吹雪《ふぶき》が、わたしと患者を遠ざける。馬車はある。軽くて、車輪が大きく、街道を行くにはおあつらえむきだ。

毛皮のコートにくるまり、往診《おうしん》カバンをもち、わたしは準備万端《じゅんびばんたん》整えて、中庭にでていた。しかし馬がない、馬が。うちの馬は昨夜、このきびしい冬に酷使《こくし》したせいで死んでしまった。うちのメイドが馬を貸《か》してくれと近所にかけあっているが、貸してもらえる見こみはないだろう。わかっている。

どんどん雪が降《ふ》りつもる。身うごきもままならず、わたしは途方《とほう》に暮《く》れていた。門のところにメイドが姿《すがた》をあらわした。たったひとり、ランタンを左右に振《ふ》っている。こんな遠出に馬を貸してくれる者などいるわけがない。当然だ。

わたしはもう一度、中庭を見わたした。万事休す。腹立《はらだ》ちまぎれに、何年も使っていない豚《ぶた》小屋のこわれかけた戸をけとばした。そのせいで戸があいたり、しまったりした。

すると馬のものらしい温もりと体臭《たいしゅう》がそこからあふれでてきた。ロープにつるした家畜《かちく》小屋用のランタンが、あわい光をはなって、ゆらゆらゆれている。低い間仕《まじ》切《き》りのなかに男がうずくまっていた。青い目の、くったくのない顔が見えた。

「馬をつなぎますかい?」男はよつんばいになってでてきて、たずねた。

わたしはなんといったらいいかわからず、小屋のなかが気になって、前かがみになった。メイドが横にやってきた。

「灯台もと暗しでしたね」メイドがいった。わたしたちは笑った。

「ほら行け、牡馬《おうま》、やれ行け、牝馬《めうま》!」男が声をはりあげた。

二頭ともとびきりたくましい。脚《あし》を折りまげ、ラクダのような形のいい首を垂《た》らし、戸口いっぱいの大きな体をねじるようにしてでてきた。外にでるとすぐ馬は立ちあがった。脚《あし》がすらっと長い。全身から湯気をたてている。

「手伝ってやれ」わたしはいった。

さっそくメイドが馬具をわたしにいくと、男が彼女《かのじょ》をつかまえて、自分の顔を彼女の顔に押《お》しつけた。メイドは悲鳴をあげて、わたしのところに逃《に》げもどった。メイドのほおにかまれた痕《あと》が赤くのこっていた。

「けだものめ」わたしは怒《おこ》ってさけんだ。「ムチで打たれたいか?」

しかし相手は顔も知らない男だ。どこのだれかもわからない。村人がみな断《ことわ》ったのに、この男だけは馬を貸《か》そうとしてくれている。わたしの考えがわかるのか、男は叱責《しっせき》など気にもとめず、馬の支度《したく》をしながら一度だけわたしのほうを向いた。

「お乗りなさい」男がそういった。

たしかに馬車の用意ができていた。こんなみごとな二頭立てでかけるのははじめてだ。よろこびいさんで、わたしは乗りこんだ。

「手綱《たづな》は自分でにぎるからいい。きみは道を知らないだろうからな」わたしはいった。

「いいでしょう」男がいった。「あっしはいっしょに行かず、ローザと留守番《るすばん》をします」

「いやです」メイドのローザはそうさけぶなり、運命には逆《さか》らえないと思ったか、家にかけこんだ。ドアチェーンをかける音がした。カギをしめる音もした。廊下《ろうか》や部屋の明かりが消えるのが見えた。ローザは身を隠《かく》すつもりだ。

「いっしょに来たまえ」わたしは男にいった。「さもなければ、でかけるのはやめだ。それほど急用でもない。メイドを見捨《みす》ててでかけるつもりはない」

「行け！」男はいった。手をたたくと、馬車が走りだした。急流にのまれる流木さながらの勢《いきお》いで。

男の体当たりで、わが家のドアがはじけとぶ音が聞こえたが、あまりのめまぐるしさにわたしの目も耳も麻痺《まひ》してしまった。

しかしそれも一瞬《いっしゅん》のことだった。わが家の門の前に患者《かんじゃ》の家の中庭があるかのように、あっという間に到着《とうちゃく》していた。馬はおとなしくたたずんだ。

雪はやみ、あたりは月明かりに照らされている。患者《かんじゃ》の両親が家から走りでてきた。患者の姉もあとにつづいた。わたしは馬車から引っぱりだされた。みんな、口々《くちぐち》にしゃべるので、わけがわからない。

患者の部屋に入ると、息がつまった。手入れをしていないのか、暖炉《だんろ》から煙《けむり》がもれている。窓《まど》をあけなくては。だが、その前に患者を診《み》よう。やせてはいるが、熱はない。平熱といっていいが、目はうつろだ。上半身裸《はだか》の少年は羽毛布団《ぶとん》をかぶったまま体を起こし、わたしの首にしがみついて、耳元でささやいた。

「先生、死にたいよ」

わたしはふりむいた。だれも聞いていない。両親はだまって身を乗りだし、わたしの診断《しんだん》を待っている。姉は往診《おうしん》カバンを置けるように椅子《いす》をもってきた。カバンをあけると、わたしは診察《しんさつ》道具を手探《てさぐ》りした。少年はあいかわらず寝床《ねどこ》からわたしのほうに手をさしだしている。願いを聞きとどけてくれというのだ。ピンセットをとりだし、ろうそくの明かりに照らしてから、またカバンにもどした。

「まったく。この程度《ていど》の患者に神々《かみがみ》が救いの手をさしのべて、馬をよこすとは」わたしは神を冒涜《ぼうとく》した。「いくら急ぎだといっても、馬を一頭追加して、男までつけるなんて」

そのときローザのことが脳裏《のうり》をかすめた。

どうしよう。どうやったら救えるだろう。どうやったらあの男かららうばいかえせるだろう。十マイルも離《はな》れているうえ、馬車につないだ馬はいうことをきかない。あの二頭の馬め、いまごろ、革《かわ》ひもをゆるめてくつろいでいるにちがいない。

するとどうだ、窓を外から押《お》しあけて、二頭がそれぞれの窓から首をつっこんだ。悲鳴をあげる家族にかまわず、馬たちは患者を見つめた。

「すぐに帰ろう」と、わたしは思った。馬にせきたてられているような気がしたのだ。

けれど、姉が毛皮のコートをぬがしてくれたので、わたしはそのままじっとしていた。どうやら姉は、わたしが暑苦しくてもうろうとしていると思ったらしい。それからラム酒がはこばれてきた。父親がわたしの肩《かた》をたたいた。とっておきをふるまうのは信頼《しんらい》のあかしというわけだ。わたしは首を横にふった。そういうことしか考えられない父親には反吐《へど》がでる。だからこそ、飲むのはおことわりだ。

母親は寝床《ねどこ》のそばに立って、わたしを手招《てまね》きした。馬が高らかにいななくのを聞きながら、わたしはその手招きにしたがって、少年の胸《むね》に耳をあてた。

やっぱりだ。わたしのひげがぬれていたので、少年は気持ちわるがっているが、いたって健康だ。すこし血色がわるく見えるのは、心配性《しんぱいしょう》の母親がコーヒーを飲ませすぎたせいだろう。とにかく健康そのもの、すぐさま寝床からたたきだしたほうがいい。いや、そんなお節介《せっかい》をしてどうする。わたしの柄《がら》じゃない。ほうっておくにかぎる。

わたしはこの地方に雇《やと》われた身で、しっかり義務《ぎむ》を果たしている。むしろ働きすぎなくらいだ。給金はすくないが、まずしい人だって気前よく診《み》てやっている。そのうえローザのことまで気にかけなければならない。

たしかに少年のいうとおりかもしれないな。わたしも死にたくなる。いつ終わるともしれないこの冬のさなかに、どうしろというんだ！　わたしの馬は死んでしまった。村の者はだれも馬を貸《か》してくれない。だから馬車を引く家畜《かちく》を豚《ぶた》小屋から引きだすしかなかった。あれが馬でなかったら、豚に引かせるほかなかっただろう。そういうことだ。わたしは一家の者たちにうなずいてみせた。この人たちのあずかり知らないことだ。教えたって、信じないだろう。処方箋《しょほうせん》を書くのは簡単《かんたん》だが、この人たちとわかりあうのはむずかしい。

さて、往診《おうしん》は終わり。まったく骨折《ほねお》り損《ぞん》のくたびれもうけだ。まあ、いつものことだがな。このあたりの連中ときたら、夜中の急患《きゅうかん》用呼《よ》び鈴《りん》を鳴らして、なにかというと、このわたしをこき使う。今回は、ローザまでとばっちりを受けた。あの美しいメイド、何年もわが家に住みこんでいたのに、わたしから目をかけられることがなかったローザ——これはあんまりだ。ここはなんとか冷静にならなくては。さもないと、この家族に食ってかかりそうだ。そんなことをしたって、ローザをとりもどすことなどできはしないのに。

わたしが往診《おうしん》カバンを閉《と》じ、毛皮のコートをよこすように合図をすると、一家はひとかたまりになった。父親は手にもっているラム酒入りのコップをくんくんかいでいる。母親はわたしにがっかりしているようだ。そんなに期待されても困《こま》る――すると、目に涙《なみだ》を浮《う》かべ、唇《くちびる》をかみしめた姉が、血に染《そ》まったハンカチをひらひらさせた。

これを見ては、少年はやはり患者《かんじゃ》だと認《みと》めるしかなさそうだ。そばへ行くと、少年は滋養《じよう》にいいスープをありがとうとでもいうように、わたしに向かって笑みを浮かべた。――ああ、二頭の馬がいないている。神さまが定めたとおり、騒《さわ》げば、診察《しんさつ》がしやすくなるとでもいうように――そして、たしかに少年の容体《ようだい》は重いとわかった。

右のわき腹《ばら》、腰《こし》のあたりに掌《てのひら》くらいの大きさの傷口《きずぐち》がぱっくりあいている。濃《のう》淡《たん》のあるバラ色《ローザ》で、奥《おく》の方は黒ずんでいて、傷口の縁《ふち》は明るい色だ。そこに大小さまざまの粒《つぶ》になった血の塊《かたまり》がこびりついている。まるで露天掘《ろてんぼ》りの炭鉱《たんこう》でも見ているようだ。

遠目にはそう見えたが、目を近づけてみると、これはひどい。思わずひゅうと口笛でも吹《ふ》きたくなるほどだ。太さといい、長さといい、わたしの小指くらいある虫が傷口にうじゃうじゃむらがっている。色がバラ色なのは、元々《もともと》なのか、血に染まったせいなのか。頭部は白く、たくさんの小さな脚《あし》がある。かわいそうに、もはや手のほどこしようがない。大きな傷口が見つかった。わき腹に咲《さ》くこの花は命取りになりそうだ。

一家はというと、わたしの診察にみとれている。姉は母親に話しかけ、母親は父親に、そして父親は数人の客を相手にそのことを話している。客たちはやじろべえよろしくバランスをとりながら、つま先立ちで月明かりのなかをやってきて、あけっぱなしの戸口から入ってきた。

「助けて」少年は泣きながらささやいた。傷口《きずぐち》にうごめく虫に気づいてぎょっとしている。

これだから、このあたりの連中は困《こま》る。いつだって医者にむちゃなことをおしつける。むかしながらの信仰心《しんこうしん》など影《かげ》をひそめ、司祭は家に閉《と》じこもって、ミサ服を一枚《まい》また一枚とひきさくようなご時世なのに、医者なら手術《しゅじゅつ》できたえた手並《てな》みでなんでもやれると思っている。かってにしろ。わたしは、なんでもできるなどといった覚えはないぞ。司祭の代わりもつとめろというのか。ああ、いいとも。どうせわたしは老いぼれの田舎《いなか》医者、メイドをうばわれた！

すると、この家の者と、いつのまにか集まった村の長老たちが、よってたかってわたしの服をぬがしはじめた。家の前には先生に引率《いんそつ》された学校の合唱隊が立ち、なんともおそまつな歌をうたった。

裸《はだか》にしちゃえ。そうすれば治すさ

治せないなら、殺しちゃえ!

　どうせただの医者、ただの医者なのだから

とうとう裸にむかれてしまった。わたしはひげに指をさしいれ、上目がちにみんなを見た。あわてず、さわがず、どっかとかまえてみせたが、そうしたからといってどうなるものでもない。

連中はわたしの頭と足をつかんで、寝床《ねどこ》に運びこんだ。傷口をふさごうとでもいうのか、わたしを少年の傷《きず》におしあてた。それからみんな、部屋からでていった。ドアがしまる。歌声がやみ、雲が月にかかった。

わたしは布団《ふとん》にくるまってぬくぬくした。

窓《まど》では馬の頭がふたつ、影のようにゆれていた。

「あのね」耳元で声がした。「ぼくは先生を信用しないよ。ここへは連れてこられただけでしょう。自分の足で来たわけじゃないもの。ぼくを助けるどころか、ぼくの死の床《とこ》をきゅうくつにしてる。先生の目をほじくりだしちゃうぞ」

「たしかに」わたしはいった。「面目ない。それでも、わたしは医者だ。どうしろというんだね？　わたしだって弱っているんだ」

「あやまればすむと思ってるの？　まあ、大目に見るしかないよね。いつだってそうだ。ぼくはうつくしい傷《きず》を抱《かか》えてこの世に生まれてきた。これが、ぼくなのさ」

「きみ」わたしはいった。「了見《りょうけん》が狭《せま》いのがきみの欠点だな。あちこちで、ありとあらゆる病室を見てきたわたしだからいえる。きみの傷はそんなにひどくない。斧《おの》で二度切りつけられると、斧のとがった刃先《はさき》でちょうどそういう傷ができる。うかうかしていると、森のなかで斧の音がしているのを聞きのがし、斧がふりおろされるのに気づかないことがあるんだ」

「本当？　それとも、ぼくが熱にうなされてるから、そんなでまかせをいうの？」

「本当のことだ。医者のことばを信じなさい」

少年はうのみにして、静かになった。

つぎはわたしがここから逃《に》げだす番だ。二頭の馬は元の場所でおとなしくしていた。衣服と毛皮のコートと往診《おうしん》カバンをかきあつめる。服を身につける時間も惜《お》しい。来たときとおなじように馬が走ってくれれば、きっとこの寝床《ねどこ》からわたしの寝床へ一足飛びだ。

馬が一頭、窓《まど》からすなおに首を引っこめた。

わたしは抱えていたものを馬車に投げた。毛皮のコートだけ遠くへ飛んで、そでがフックに引っかかった。まあ、なんとかなるだろう。

わたしは馬に飛びのった。見ると、革《かわ》ひもが垂《た》れさがっていて、二頭の馬はつなぎあわされていないも同然だ。

馬車はガタゴトついてくる。

さらにそのうしろでは、毛皮のコートが雪にまみれていた。

「走れ！」わたしはいった。

ところがどうだ、一向に速度が上がらない。まるで老人のようにとぼとぼと、雪の荒野《こうや》を進む。
うしろでは長いこと歌が聞こえていた。別の歌だが、わけのわからない子どもの歌だった。

よろこべ、患者《かんじゃ》のみなさん
お医者が添《そ》い寝《ね》をしてくれた！

これではとても家に帰りつけないぞ。にぎわっている診療所《しんりょうじょ》をなくしたもおなじ。あとがまに横取りされる。だが、しょせんむだなことだ。代わりがつとまるはずがない。わが家はあのけがらわしい男に荒《あ》らされていることだろう。ローザもあいつの餌食《えじき》になった。考えるのもいやだ。
老いぼれのわたしは、一糸まとわぬ姿《すがた》で、喜びと無縁《むえん》のこの時代のいてつく寒さにさらされて、この世の馬車とこの世のものならざる馬といっしょにあてもなくさまよう。毛皮のコートは馬車のうしろに引っかかったままだ。あいにく、わたしには手がとどかない。患者のなかには身が軽い者もいるのに、指一本うごかそうとしない。

だまされた！　だまされた！

用もないのに鳴らされた夜の呼《よ》び鈴《りん》を真に受けたりするから——こんな目にあう。

独楽《こま》

Der Kreisel

ある哲学者《てつがくしゃ》が、あそんでいる子どもたちのまわりをうろちょろしていた。独楽《こま》を手にした少年を見つけると、さっそくじっと目をこらす。独楽がまわりだすと、哲学者はあとを追いかけてつかまえようとする。子どもたちはさわいで、おもちゃをとられまいとした。哲学者は気にもかけず、まわっているあいだに独楽をつかまえては悦《えつ》に入った。だがそれもつかのまのこと。独楽を地面になげだして、立ち去ってしまう。

その哲学者は、回転する独楽のようなささいなものに普遍的《ふへんてき》なものを認識《にんしき》する道があると信じていた。だから大きな問題にとりくむのは不経済《ふけいざい》だと思っていた。ごくごく小さなものごとでも、それをしっかり認識すれば、すべてがわかる。だから回転する独楽にばかりこだわっていた。

そして独楽をまわす準備《じゅんび》が整うたびに、今度こそうまくやってみせるぞと希望に胸《むね》をふくらませる。独楽がまわると、息せききって追いかけ、希望は確信《かくしん》へと変わる。

ところがそのつまらない木切れを手にして、不機嫌《ふきげん》になる。そしてそれまで聞こえていなかった子どもたちのわめき声が突然《とつぜん》、耳に入り、あわてた哲学者はぐらりとよろめく。へたくそな奴《やつ》に鞭《むち》でたたかれた独楽のように。

家父の気がかり

Die Sorge des Hausvaters

聞くところによると、オドラデクという単語はスラヴ語からきているらしい。単語のつくりでわかるという。だが、元はドイツ語で、スラヴ語の影響《えいきょう》を受けただけだという人もいる。あいにくどちらの説も信憑性《しんぴょうせい》が薄《うす》く、どちらも正解《せいかい》ではなさそうだ。というのも、どちらにせよ、この単語の意味があきらかにならないからだ。

もちろんこんな研究がおこなわれるのも、じっさいにオドラデクという名の生物が存在《そんざい》するからだ。そいつはひらたい星形の糸巻《いとま》きのような形をしている。じっさい、糸が巻《ま》いてあるように見える。といっても、その糸は千切れていて、古くて、ごちゃごちゃとむすび目ができ、ぐちゃぐちゃとからみあっている。おまけに種類も色もまちまちだ。けれども、ただの糸巻きではない。星形の中心から横へ小さな棒《ぼう》がつきでていて、そこからまた直角に棒がのびている。そのさいごの棒と星形の突起《とっき》部分を二本の脚《あし》のようにして、この生物は立っている。

むかしは、なにか意味のある形をしていて、いまはその成れの果てだと思う人もいるだろう。ところが、そうではないらしい。すくなくとも、そうだといえるだけの決め手がない。なにかが付着したところも、欠けたところも見当たらない。全体に意味不明だが、それなりにまとまっている。あいにくそれ以上のことはいえない。オドラデクはじつに敏捷《びんしょう》で、とらえどころがないからだ。

居場所《いばしょ》は屋根裏《やねうら》や階段《かいだん》や廊下《ろうか》や玄関《げんかん》とさまざまだ。たまに何か月も姿《すがた》が見えないこともある。ほかの家に移《うつ》り住んでしまったからだと思われる。だがこちらの思惑《おもわく》などおかまいなしに、まいもどってくる。たまに玄関をでると、そいつが階段の手すりによりかかっていることがあり、つい話しかけてみたくなることがある。もちろん難《むずか》しい質問《しつもん》はしない。体が小さいこともあって、つい子どもあつかいしてしまう。

「名前は？」

「オドラデク」

「どこに住んでいるのかな?」

「住所不定」そういうと、そいつは笑う。ただし、息がつづかないのか、ふっと笑うだけだ。落ち葉がカサカサなるような感じだ。

たいてい、おしゃべりはこれでおしまいになるが、この程度《ていど》の答えすらかえってこないこともある。まるで木のように長いことだまっていることもすくなくない。じっさい、木でできているように見えるし。

むだと知りつつ、こいつがこれからどうなるのか気がかりでしかたがない。死ぬこともあるんだろうか。死ぬものはなんであれ、生きているうちに目的をもち、活動するものだ。そうすれば、すりへりもするだろう。ところが、オドラデクにはそういうところがない。いつかわたしの子や孫にけられて、背後《はいご》に糸をのこしながら階段《かいだん》をころがりおちることもあるんだろうか。こいつはどうやら人畜無害《じんちくむがい》らしい。しかしこいつがわたしよりも長生きするかと思うと、ちょっと切ない。

流《る》刑《けい》地《ち》にて

In der Strafkolonie

「どうですか、唯一無二《ゆいいつむに》のこの装置《そうち》」将校《しょうこう》は調査《ちょうさ》旅行者にそういうと、勝手知ったるその装置をほれぼれとながめた。

上官にたてつき、口答えした兵士が処刑《しょけい》されるので立ち会ってみるといいと司令官にいわれ、旅行者は、いやともいえずついてきたのだ。だが、今回の処刑への世間の関心はあまり高くないと見える。

そこは、草木の生えていない斜面《しゃめん》にかこまれた深く小さな谷底の砂地《すなち》だった。将校と旅行者以外は、頭髪《とうはつ》もひげものび放題で、口ばかり大きい頭がわるそうな受刑者《じゅけいしゃ》と兵士がひとりいるだけだ。兵士は重そうな鎖《くさり》をもっている。その鎖には受刑者の首、手首、足首にくくりつけた小さな鎖がまとめてつなげてあった。ところで受刑者は、犬のように従順《じゅうじゅん》そうだ。あたりの斜面を自由にかけまわらせても、死刑執《しけいしっ》行《こう》のさいに笛を鳴らせば、きっともどってくるだろう。

旅行者はその装置にほとんど関心がもてず、受刑者のうしろで興味《きょうみ》なさそうにうろうろしていた。そのあいだ将校は準備《じゅんび》に余念《よねん》がなかった。地面に固定された装置の下にもぐりこんだり、はしごをのぼって上の部分を調べたりしている。操作《そうさ》係にでもやらせておけばいいのに、熱心このうえない。その装置によほど心酔《しんすい》しているのか、ほかの者に任《まか》せられない事情《じじょう》があるようだ。

「準備完了《かんりょう》！」ようやくそうさけんで、将校ははしごを下りてきた。疲《つか》れ切ったのか、はあはあ息をし、女物の薄《うす》いハンカチを二枚《まい》、軍服のえりに押《お》しこんでいた。

「その軍服、熱帯には向きませんね」旅行者はいった。装置のことをたずねるだろうという将校の期待に反したことばだった。

「たしかに」そういうと、将校は油脂《ゆし》でよごれた両手をバケツの水で洗《あら》った。「しかし軍服は祖国《そこく》も同然であります。祖国をないがしろにするわけにはまいりません。さて、この装置をご覧《らん》あれ」将校は布《ぬの》で手をふきながら装置を指さした。「ここまでは手作業でしたが、ここからは装置《そうち》が自動的に作動します」

旅行者はうなずいて、将校《しょうこう》のあとにつづいた。将校は途中《とちゅう》で問題が生じたときのためか、こうことわった。

「むろんうまくうごかないことがあります。本日はうまくいくと思いますが、覚悟《かくご》はしておかねばなりません。この装置は十二時間連続して作動するように作られています。なにか不具合があっても、ささいなものですむでしょう。すぐに対処《たいしょ》する所存《しょぞん》です」

「おかけになりませんか？」将校はそう声をかけ、籐椅子《とういす》の山からひとつを引っぱりだして、旅行者にさしだした。

旅行者は断《ことわ》ることができず、穴《あな》のふちにすわって、ちらっとのぞきこんだ。それほど深くはない。掘《ほ》りだした土が穴の一方に盛《も》られていて、もう一方に装置がある。

「司令官はこの装置について説明されたでしょうか？」将校がたずねた。

旅行者は手を横にふった。将校には好都合だったらしい。みずから説明できるからだ。

「この装置は前任《ぜんにん》の司令官が発明されたものです」そういうと、将校はクランクシャフトをつかんで、それに体をあずけた。「本官ははじめから開発にかかわり、完成するまで参加しました。といっても、この発明の功績《こうせき》は、あの方ひとりに帰せられるでしょう。前任の司令官のことは耳にされていますか？　耳にされていない？　この流刑地《るけいち》の仕組み全体があの方の作りあげたものだといっても過言《かごん》ではないです。あの方が亡《な》くなられたとき、流刑地の仕組みは盤石《ばんじゃく》で、後任《こうにん》の司令官がどんなに新しい計画を頭に描《えが》こうが、数年のあいだは仕組みを変えられないだろうと、あの方と道を同じくするわれわれは確信《かくしん》していました。予想は的中しました。新任《しんにん》の司令官は認《みと》めざるをえませんでした。前任の司令官をご存《ぞん》じないとは、返す返すも残念であります！　しかし」将校はそこでことばを切った。「おしゃべりがすぎましたな。これがあの方の装置です。ご覧《らん》のように三つの部分からなっています。いつの間にかあだ名がつきました。下部は〈寝床《ねどこ》〉。上部は〈刻印機《こくいんき》〉。そして真ん中にぶらさがっているのが〈馬鍬《まぐわ》〉です」

「〈馬鍬〉?」旅行者はききかえした。話をろくに聞いていなかった。炎天下《えんてんか》の谷で太陽にじりじり焼かれ、頭がもうろうとしていた。だから重そうな肩章《けんしょう》と金モールで飾《かざ》りたてた正式軍服に身を固め、熱く語りながら、ドライバーであちこちネジをしめる将校《しょうこう》の姿《すがた》には感心するほかなかった。

兵士も、旅行者とおなじように、もうろうとしていた。受刑者《じゅけいしゃ》の鎖《くさり》を両手首に巻《ま》いて片手《かたて》を銃《じゅう》に置き、うなだれて、無関心を装《よそお》っている。おどろくにはあたらない。将校がフランス語をしゃべっていたからだ。兵士も、受刑者も、フランス語を解《げ》さない。それなのに受刑者は、将校の説明についていこうとしているのだから変わっている。眠《ねむ》そうな目つきで、将校が指さしているところを見ている。そして将校が旅行者の質問《しつもん》で説明を中断《ちゅうだん》されると、将校とおなじように受刑者も旅行者に視線《しせん》を向けた。

「ええ、〈馬鍬〉です」将校はいった。「いいえて妙《みょう》です。針《はり》のならびがまさに〈馬鍬〉そっくりでして、使い方も似《に》ています。ただし、うごくのは一定の場所だけで、はるかに精巧《せいこう》ですが。実際《じっさい》にうごいているところを見れば、すぐおわかりになるでしょう。この〈寝床《ねどこ》〉に受刑者は寝《ね》かされます。先に装置《そうち》の説明をさせてください。そのあと一連の動作をお見せします。そうすれば、この装置のうごきがよくわかると思います。それから〈刻印機《こくいんき》〉のなかの歯車がひとつ、ひどく摩耗《まもう》していまして、うごかすとひどい音をたてるのです。そうなると、ことばがほとんど聞きとれなくなるという事情《じじょう》もありまして。さて、すでに申しあげたように、これが〈寝床〉です。全体が綿《めん》の敷物《しきもの》でおおわれています。その狙《ねら》いはのちほど説明しましょう。受刑者はこの綿の敷物に腹《はら》ばいに寝かされます。もちろん裸《はだか》でです。両手はここの革《かわ》ひもでしっかり固定されます。両足はここ、首はここ。受刑者は腹ばいになります。〈寝床〉の顔があたるところには小さなフェルトの突起《とっき》があります。これは口に入るように調整が可能《かのう》です。悲鳴をあげたり、舌《した》をかんだりしないようにするためです。もっともそうしないと革ひもにしめつけられて首の骨《ほね》が折れてしまいますから、これをくわえるしかないのです」

「綿《めん》の敷物《しきもの》ですか?」そうたずねて、旅行者は前かがみになった。

「いかにも」将校《しょうこう》は微笑《ほほえ》みながらいった。「さわってみてください」旅行者の手をつかむと〈寝床《ねどこ》〉へもっていった。「特製《とくせい》の敷物です。ですから、そこに敷物があるようには見えません。なにを目的にしているかは、のちほど説明します」

旅行者はすこし興味《きょうみ》を抱《いだ》き、目の上に手をかざして、その装置《そうち》を見あげた。大きな構造物《こうぞうぶつ》だ。〈寝床〉と〈刻印機《こくいんき》〉はおなじくらいの大きさで、黒ずんだふたつの箱のようだ。〈刻印機〉は〈寝床〉の上二メートルのところにあり、両者は四すみにとりつけた四本の真鍮《しんちゅう》の支柱《しちゅう》でつながっている。日の光で支柱がきらきらしている。このふたつの箱のあいだにワイヤーロープで〈馬鍬《まぐわ》〉がぶらさがっていた。

旅行者が気のないようすでいるあいだ、将校は気にせずにふるまったが、関心を寄《よ》せはじめると目ざとかった。旅行者に気兼《きが》ねなく観察させるため、説明を控《ひか》えた。受刑者《じゅけいしゃ》も旅行者のまねをした。ただし手を目の上にかざすことができないので、目をしばたたきながら。

「その男はそこに寝《ね》かされるのですね?」旅行者は椅子《いす》にもたれて、足を組んだ。

「そうです」将校は軍帽《ぐんぼう》をすこしうしろにずらして、ほてった顔を手でぬぐった。

「それではお聞きください! 〈寝床〉と〈刻印機〉には電池が入っています。〈寝床〉は全体がうごき、〈刻印機〉は〈馬鍬〉をうごかします。その男をしっかりしばりつけると、〈寝床〉が作動し、上下左右に小きざみに振動《しんどう》します。サナトリウムに同様の装置があります。ただしこの〈寝床〉は正確《せいかく》に〈馬鍬〉のうごきと連動します。しかし〈馬鍬〉は判決内容《はんけつないよう》でうごきが異《こと》なります」

「判決内容はどのようなものなのですか?」旅行者はたずねた。

「ご存《ぞん》じないのですか?」将校はおどろき、唇《くちびる》をかみしめた。「不手際《ふてぎわ》をご容赦《ようしゃ》ください。以前は司令官がこうした説明をおこなっていたのです。しかし新任《しんにん》の司令官は、この栄誉《えいよ》ある職務《しょくむ》を放棄《ほうき》しました。かくも高名な客人が来られたというのに」

旅行者は両手を前にだして、そんなことはないというそぶりをしたが、将校《しょうこう》は意に介《かい》しなかった。

「かくも高名な客人にわれわれの判決《はんけつ》の仕方についてお伝えしていないとは。こうした改革《かいかく》は……」呪《のろ》いのことばを口にしそうになったが、将校は気をしっかりもってこういった。「本官には知らされていませんでした。ですから、わたしの罪《つみ》ではありません。とはいえ、判決の仕方を説明する適任者《てきにんしゃ》となると、本官をおいてほかにいないでしょう。じつはここに」将校は胸《むね》ポケットをたたいた。「前任《ぜんにん》の司令官自身が描《えが》いた図案があります」

「司令官自身が描いた図案？」旅行者はたずねた。「そこまでワンマンだったのですか？　軍人にして、裁判官《さいばんかん》、設計者《せっけいしゃ》、化学者、図案家」

「そのとおりであります」将校はうなずいて、考えこむような硬《かた》いまなざしをした。それから自分の両手をしげしげと見て、図案集をつかむには清潔《せいけつ》ではないと思ったか、バケツのところへ行って手を洗《あら》った。そのあと小ぶりの革製《かわせい》の書類ばさみをだした。「われわれの判決は過酷《かこく》なものではありません。受刑者《じゅけいしゃ》がないがしろにした掟《おきて》を〈馬鍬《まぐわ》〉で体にきざむのです。たとえばこの受刑者の場合」将校は男を指さした。「『上官を敬《うやま》うべし』ときざまれます！」

旅行者はちらっと受刑者をうかがった。将校に指さされて、受刑者は頭を下げ、耳を皿のようにして聞いている。しかし、引きむすんだ分厚《ぶあつ》い唇《くちびる》のうごきを見るかぎり、なにもわかっていないようだ。いろいろききたいことはあったが、旅行者は男を見て、質問《しつもん》をひとつにしぼった。

「彼《かれ》は自分の判決を知っているのですか？」

「いいえ」

将校は説明をつづけようとしたが、旅行者が先にたずねた。

「判決を知らないのですか？」

「ええ」将校は一瞬《いっしゅん》、ことばをつまらせ、旅行者がもっと詳《くわ》しい根拠《こんきょ》を求めているとわかったのか、こういった。「判決をいいわたしても意味がありません。身をもって知るのですから」

旅行者は押《お》しだまった。受刑者《じゅけいしゃ》に見られていることに気づいたからだ。こんなやり方に納得《なっとく》するのかと問いただされているような気がした。だから、椅子《いす》にもたれていた旅行者は身を乗りだして質問《しつもん》した。

「しかし有罪判決《ゆうざいはんけつ》を受けたことは知っているのですよね？」

「それも知りません」そういうと、将校《しょうこう》は旅行者に微笑《ほほえ》みかけた。ほかにどんな変わった質問が飛びだすのか楽しみだとでもいうように。

「となると」そういって、旅行者は額《ひたい》をふいた。「申し開きが聞きとどけられたかどうかも知らないということですか？」

「そもそも申し開きの機会などありません」将校はひとり言でもいうように視線《しせん》をそらした。わかりきったことを説明して、旅行者に恥《はじ》をかかせるわけにいかないとでも思っているようだ。

「申し開きの機会を与《あた》えなければだめでしょう」そういうと、旅行者は椅子から立ちあがった。

将校は、装置《そうち》の説明に思いのほか手間どりそうだと気づいた。そこで旅行者のそばへ行き、腕《うで》をとると、受刑者を指さした。自分が注目されていると知って、受刑者は直立不動の姿勢《しせい》をとった。兵士も鎖《くさり》を引いた。将校が口をひらいた。

「じつをいうと、本官はこの流刑地《るけいち》で裁判官《さいばんかん》をつとめています。若輩者《じゃくはいもの》ではありますが。前任《ぜんにん》の司令官の時代、本官は刑事事件《けいじじけん》全般《ぜんぱん》を補佐《ほさ》していました。ですからこの装置を熟知《じゅくち》しています。本官は『罪《つみ》はつねに疑《うたが》う余地《よち》がない』という原則《げんそく》にしたがっています。ほかの法廷《ほうてい》ではこうはいかないでしょう。裁判官は複数制《ふくすうせい》ですし、上告することもできますから。ここではその限《かぎ》りではありません。あるいは、すくなくとも前任の司令官の時代はちがっていました。ところが新任《しんにん》の司令官は本官の裁《さば》きをおもしろく思っていないのです。しかし、いまのところ盾突《たてつ》くことに成功していますし、これからもうまくやれるでしょう。あなたは今回の事件の説明を望まれましたが、ごくありきたりの事件なのです。けさ、ある大尉《たいい》から訴《うった》えがありました。従卒《じゅうそつ》になり、大尉《たいい》の部屋の前で眠《ねむ》ることになったこの男が寝《ね》すごしてしまったというのです。従卒には一時間ごとに起きて、大尉の部屋の前で敬礼《けいれい》することが義務《ぎむ》づけられています。むずかしくはありません。それでいて必要なことです。警護《けいご》と身のまわりの世話は寝ぼけていては務《つと》まりませんから。大尉は昨夜、従卒が義務を果たしているかどうかたしかめようと思いたち、時計が未明の二時を打ったときにドアをあけ、従卒が背《せ》を丸めて眠りほうけているのを発見したのです。大尉は乗馬用のムチをとってきて従卒の顔を打ちました。ところが従卒は起きあがって、許《ゆる》しを乞《こ》うどころか、上官の足にしがみついてゆさぶり、『ムチを捨《す》てないと、食い殺すぞ』とさけんだのです。これが事件《じけん》のあらましです。大尉は一時間前に本官のところへ来ました。本官は訴《うった》えを書きとめ、すぐに判決《はんけつ》を下しました。この男に鎖《くさり》をかけさせましたが、なんの問題も起きませんでした。もしもこの男を呼《よ》びだし、とりしらべをしたら、面倒《めんどう》なことになっていたでしょう。この男は嘘《うそ》をついたかもしれません。仮《かり》に本官がその嘘をあばいたとしても、また新たな嘘をならべるというように、いつまでもそのくりかえしになったはずです。しかし、いまはこの男を逮捕《たいほ》し、釈放《しゃくほう》はしません。これでおわかりでしょうか？　さて、時間です。処刑《しょけい》を執《と》りおこなわねばならないのに、まだ装置《そうち》の説明がすんでいません」

将校《しょうこう》は旅行者を椅子《いす》にすわらせ、ふたたび装置のそばへ行って語りはじめた。

「ご覧《らん》のとおり〈馬鍬《まぐわ》〉は人間の体型に合わせてあります。ここが上体で、ここが両足。頭には、この小さなのみが使われます。おわかりですか？」

将校は旅行者のほうに親しげにかがみこんだ。いよいよ説明の核心《かくしん》にふれる気だ。

旅行者は眉間《みけん》にしわを寄《よ》せて〈馬鍬〉を見た。裁判《さいばん》のやり方がどうにも気に入らなかった。もちろんここは流刑地《るけいち》で、ここの流儀《りゅうぎ》があるはずだし、軍隊式がすみずみまで浸透《しんとう》しているにちがいない。しかしそれでも、新任《しんにん》の司令官に期待をかけた。すこしずつではあっても、この頑迷《がんめい》な将校には想像《そうぞう》もつかない新しい訴訟《そしょう》手続きを導入《どうにゅう》しようとしているのだろう。そう考えて、旅行者はたずねた。

「司令官は処刑に立ち会われるのですか？」

「さあ、どうでしょうか」将校《しょうこう》はいった。気をわるくしたのか、渋《しぶ》い顔をした。「だからこそ急ぐ必要があります。残念ですが、説明も省略《しょうりゃく》せねばなりません。ひどくよごれるのがこの装置《そうち》の唯一《ゆいいつ》の難点《なんてん》でして。装置の清掃《せいそう》がすんだら、あした説明のつづきをいたしましょう。いまは必要最小限《さいしょうげん》にとどめます。まずその男を〈寝床《ねどこ》〉に寝《ね》かせて、振動《しんどう》させます。ついで〈馬鍬《まぐわ》〉を下げて、針《はり》がちょうど体にふれるようにします。設定《せってい》がすむと、このワイヤーロープをぴんとはらせます。いよいよショーのはじまりです。よく知らない方には、刑罰《けいばつ》のちがいがわからないでしょう。〈馬鍬〉の動作がいつもおなじに見えるだろうと思います。〈寝《ね》床〉で小きざみにゆれる体に〈馬鍬〉の針が振動しながらつき刺《さ》さります。刑《けい》の執行《しっこう》がたしかめられるように〈馬鍬〉はガラス製《せい》です。そこに針を埋《う》めこむには工夫が必要でしたが、試行錯誤《さくご》の末、みごとに成功しました。われわれはそのために労をいといませんでした。おかげで文字が体にきざまれるのを、だれでもガラスごしに見ることができます。こちらへ来て、針をご覧《らん》になりませんか？」

旅行者はゆっくり腰《こし》を上げて装置のそばへ行き、〈馬鍬〉をのぞきこんだ。

「ほら」将校はいった。「二種類の針が何列もならんでいるのが見えるでしょう。どの針にも横に短い針がついています。文字を書くのは長い針で、短い針は水を噴《ふん》射《しゃ》して血を洗《あら》いながし、文字がよく見えるようにするためのものです。血のまじった水は小さな樋《とい》に流れ落ちると、メインの樋に流れこみ、排水管《はいすいかん》を通ってそこの穴《あな》に流れていきます」

将校は排水管を指さし、よくわかるようにその出口で汚水《おすい》を受けるしぐさをした。旅行者は頭を上げて、手探《てさぐ》りしながら椅子《いす》にもどろうとした。

そのとき受刑者《じゅけいしゃ》が将校の誘《さそ》いに応《おう》じて〈馬鍬〉の仕組みを近くで見ていることに気づいて、旅行者はぎょっとした。受刑者は、ぼんやりしている兵士がもつ鎖《くさり》をすこし引っぱってガラスを上からうかがっている。将校と旅行者がながめていたのがなにか気になるらしく、落ち着かなげに見ているが、説明がわからず、正体がつかめないらしい。あちこち腰《こし》をかがめてはのぞきこみ、〈馬鍬〉に視線《しせん》をはわせている。

旅行者は受刑者《じゅけいしゃ》を追い払《はら》おうとした。受刑者がこんなことをしてはただではすまされないと思ったのだ。しかし将校《しょうこう》は、旅行者を片手《かたて》で押《お》しとどめ、もう片方《かたほう》の手で土手の土くれをつかんで、兵士めがけて投げた。兵士ははっとして目を上げ、受刑者がしていることに気づくと、銃《じゅう》を捨《す》て、足を踏《ふ》んばって受刑者を引きもどした。受刑者はその拍子《ひょうし》にひっくり返った。兵士は、身をよじらせ、鎖《くさり》をじゃらじゃら鳴らしている受刑者を見下ろした。

「立たせろ!」将校はさけんだ。受刑者のせいで旅行者の気が散ってしまったことに気づいたからだ。旅行者は〈馬鍬《まぐわ》〉のほうに身を乗りだして、〈馬鍬〉のことなどおかまいなしに、受刑者のことを気にしていた。

「乱暴《らんぼう》はするな!」

将校はふたたびさけんで、装置《そうち》をまわりこみ、受刑者のわきの下に手を入れると、足をすべらせ、ばたばたしている受刑者を兵士の助けも借りて立ちあがらせた。

「おかげですっかりわかりました」旅行者は、もどってきた将校にいった。

「まだ一番だいじなことがのこっています」旅行者の腕《うで》をつかむと、将校は高いところを指さした。「〈刻印機《こくいんき》〉には歯車装置が組みこまれています。〈馬鍬〉のうごきを制御《せいぎょ》するもので、判決《はんけつ》が記された図案をきざむことになっています。本官は前任《ぜんにん》の司令官が描《えが》いた図案を使っています。これがそうです」革《かわ》の紙ばさみから数枚《すうまい》の紙をだした。「本官がもっているもののなかでもっとも貴重《きちょう》なものですので、残念ながら手にとっていただくわけにはいきません。おすわりください。すこし離《はな》してご覧《らん》にいれます。これでよく見えるでしょう」

将校はさいしょの一枚《まい》を見せた。旅行者はほめことばのひとつもいいたかったが、迷路《めいろ》のようなごちゃごちゃした線に面くらった。線は紙面を埋《う》めつくし、余白《よはく》を見つけるのにひと苦労するほどだった。

「読んでみてください」将校はいった。

「読めません」旅行者はいった。

「ちゃんと読めるはずです」

「とても凝《こ》っていますね」旅行者は弱ってしまった。「読み解《と》けません」

「そうです」将校《しょうこう》は笑って紙ばさみをしまった。「これは習字の手習いとはちがいます。読めるようになるまで時間がかかります。あなたもそのうち読み解けるようになるでしょう。これはもちろんただの文字ではいけないのです。それではすぐ死に至《いた》ってしまいます。平均《へいきん》十二時間はかからなければなりません。六時間で裏返《うらがえ》すことになっています。元々《もともと》の判決文《はんけつぶん》に多くの飾《かざ》りがつくことになっています。判決文そのものは帯状《おびじょう》に体のまわりにきざまれ、ほかの部分には飾りがつけられるのです。これで〈馬鍬《まぐわ》〉とこの装置《そうち》全体のうごきのすばらしさがおわかりになったでしょう！」

将校ははしごに飛び乗ると、歯車のひとつをまわして下に向かってさけんだ。

「あぶないですから、すこし離《はな》れていてください！」

すると歯車がつぎつぎとうごきだした。甲高《かんだか》くきしむ音がしなければ、たしかにすばらしいといえただろう。将校はそのうるさい音におどろき、歯車に向かって拳《こぶし》をふりあげた。それから腕《うで》をひろげて旅行者にわびをいれ、急いではしごを下りて装置の具合を下から見た。彼《かれ》にしかわからない不具合があるのだろう。将校はまたはしごを上ると、〈刻印機《こくいんき》〉の内部に両手をつっこみ、今度ははしごを使わず、支《し》柱《ちゅう》を伝ってするするとすべり下り、騒音《そうおん》に負けじと旅行者の耳元で大声をはりあげた。

「わかりますか？〈馬鍬〉がきざみはじめます。その男の背中《せなか》にさいしょの文字列がきざまれると、綿《めん》の敷物《しきもの》が回転し、男の体をゆっくりまわして、〈馬鍬〉が新しくきざむ場所を作ります。すると〈馬鍬〉にきざまれて傷《きず》ついた箇所《かしょ》は綿の敷物にのり、特殊《とくしゅ》な仕掛《しか》けですぐに止血され、あらためて文字が深くきざまれる準備《じゅんび》がなされます。この〈馬鍬〉の縁《ふち》にあるギザギザの刃《は》ですが、体がまわされるときに綿の敷物を傷口《きずぐち》から切りはなして、穴《あな》に投げ捨《す》てる役目を負っています。そのあと〈馬鍬〉はまた作業をつづけます。こうやって十二時間かけて文字がより深く刻《きざ》まれていくというわけです。さいしょの六時間、この受刑者《じゅけいしゃ》は苦しみもだえますが、命に別状《べつじょう》はありません。刑《けい》の開始から二時間後、フェルトの突起《とっき》がとりのぞかれます。この男にはもうさけぶ気力もなくなるからです。つづいてこの頭のところにある電熱式の鉢《はち》に米粥《こめがゆ》を入れます。受刑者はこの鉢から好きなときに粥《かゆ》をすることができます。その機会を逃《のが》す者はいません。すくなくとも本官は見たことがありません。経験豊《けいけんゆた》かな本官が見たことがないのです。六時間たつと食欲《しょくよく》も失われます。そのときが来ると、本官はここにひざをついて、ようすを見ることにしています。受刑者が粥をのこらずのみこむことはまれで、口をうごかすだけで穴《あな》に吐《は》きだします。そのとき本官はちょっとかがみこみます。さもないと顔にかかってしまうからです。でも六時間たって静かになったこの男は見物ですぞ！　どんな間抜《まぬ》けな者でも、悟《さと》りをひらくのです。まずは目つきが変わり、そこから全身に変化がひろがっていきます。それを見ていると、自分も〈馬鍬《まぐわ》〉の下に寝《ね》てみたいという誘惑《ゆうわく》に駆《か》られるほどです。ところで、装置《そうち》はその時点で、もう作動しません。この男は文字の解読《かいどく》をはじめるでしょう。まるで読み聞かされているかのように、口をとがらせるはずです。ご覧《らん》いただいたように、文字は目で見ても読み解《と》けるものではありません。この男は己《おのれ》の傷《きず》でもって解読するのです。むろん骨《ほね》の折れる作業です。これが終わるまで六時間はかかります。それから〈馬鍬〉はこの男の体を刺《さ》しつらぬき、穴に投げこみます。受刑者の体は血に染《そ》まった水と綿《めん》の敷物《しきもの》の上にばしゃっと落ちます。これで刑の執行《しっこう》は終わり。そして、本官と兵士で遺体《いたい》を埋《う》めます」

将校《しょうこう》の話に耳をかたむけていた旅行者は、上着のポケットに両手をつっこんで、装置のうごきを見た。受刑者もおなじように見ていたが、理解《りかい》はしていなかった。すこし身をかがめて、ゆれうごく針《はり》のようすを目で追っている。

そのとき将校の指示《しじ》で、兵士が受刑者のシャツとズボンをうしろからナイフで切りさいた。衣類がはらりと落ちた。受刑者は自分の裸《はだか》を隠《かく》すため、落ちていく衣類をつかもうとしたが、兵士が彼《かれ》を持ちあげ、さいごの布《ぬの》きれまでふるい落とした。

将校は装置を止めた。突然《とつぜん》あたりをつつむ静寂《せいじゃく》のなか、受刑者は〈馬鍬〉の下に横たえられた。鎖《くさり》がはずされ、代わりに革《かわ》ひもでしばられた。見たところ、受刑者《じゅけいしゃ》はほっとしている。〈馬鍬《まぐわ》〉がもう一段《いちだん》下げられた。受刑者がやせた男だったからだ。針《はり》の先が当たると、受刑者の体にふるえが走った。兵士が右手をしばっているあいだ、受刑者は、やり場に困《こま》って左手をのばした。そこは旅行者が立っているところだった。

将校《しょうこう》は、わきから旅行者をじろじろ見ている。形ばかりの説明しかしなかった処《しょ》刑《けい》が、旅行者にどんな印象を与《あた》えるか見逃《みのが》すまいとしているのだ。

手首用の革ひもが切れた。おそらく兵士が強くしめすぎたのだろう。兵士はちぎれた革ひもを見せて、将校に助けを求めた。将校は兵士のところへ行くと、旅行者に顔を向けていった。

「この装置《そうち》はいろいろな部品でできていまして、ときどき切れたり、折れたりするのです。しかしそのようなことで、装置全体に対する評価《ひょうか》をさげないでいただきたい。革ひもの代用などすぐ見つかります。そこの鎖を使いましょう。右腕《みぎうで》に伝わる繊細《せんさい》な振動《しんどう》はそこなわれますが、仕方ありません」

そして鎖をかけながら話をつづけた。

「この装置の維持費《いじひ》がひどく削《けず》られているのです。前任《ぜんにん》の司令官の時代には、本官が自由にできる資金《しきん》をこの装置に注ぎこむことができました。倉庫があって、ありとあらゆる備品《びひん》がたくわえられていたのです。過剰《かじょう》だったことは認《みと》めます。といっても、それはむかしのことです。新任《しんにん》の司令官は、むかしと変わらないといっていますが、それはちがいます。新任の司令官は古い制度《せいど》を廃止《はいし》するためにあらゆることを口実にしています。いまでは、この装置の予算を自分の管理下に置き、新しい革ひもひとつ手に入れるにも切れたのを証拠《しょうこ》にださなければならず、新しいのがとどくのに十日もかかり、しかも粗悪品《そあくひん》で役に立たないときているのです。そのあいだ本官は、革ひもなしでどうやってこの装置をうごかしたらいいのでありましょうか。そのことを気にかける者はひとりもいません」

旅行者は考えこんでしまった。異国《いこく》の事情《じじょう》に首をつっこむのはいつだって考えものだ。流刑地《るけいち》の住民ではないし、この流刑地が属《ぞく》する国の人間でもない。この処刑《しょけい》を非難《ひなん》したり、廃絶《はいぜつ》にうごこうものなら、「おまえは外国人だ。口をだすな」といわれるのがおちだろう。そうなったら、こたえようがない。この件《けん》についてはまったくわからない、自分は見聞をひろめるために旅をしているだけで、異国《いこく》の裁判制《さいばんせい》度《ど》を変えさせる意図など毛頭ないというほかない。

とはいえ、こうやって知ってしまえば気にかかる。裁判手続きが不公平で、処刑方法が人の風上にも置けないのはいうをまたない。旅行者が自分の都合でいってい ると受けとられることはないだろう。受刑者《じゅけいしゃ》とは縁《えん》もゆかりもないし、同国人でもなければ、そもそも同情《どうじょう》をそそる人物でもない。旅行者自身は諸官庁《しょかんちょう》の高官から推《すい》薦状《せんじょう》をもらい、この地で厚遇《こうぐう》されている。そしてこの処刑に招待《しょうたい》されたということは、この裁判について意見を求められているともとれる。いま耳にしたように、司令官がこの裁判手続きを支持《しじ》せず、将校《しょうこう》に敵意《てきい》があるのだとすれば、意見を求められている可能性《かのうせい》はますます高まるというものだ。

そのとき旅行者は、将校がどなりちらすのを聞いた。フェルトの突起《とっき》を苦労して受刑者の口に押《お》しこんでいるところだ。受刑者は吐《は》き気に襲《おそ》われたのか、目をつむり胃のなかのものを吐きだした。将校はあわてて男の体を起こして、フェルトの突起からはなし、顔を穴《あな》に向けさせた。しかし手遅《ておく》れだった。吐いたものが装置《そうち》を伝って流れ落ちた。

「なにもかもあの司令官のせいだ！」そうさけぶと、将校はわれを忘《わす》れて真鍮《しんちゅう》の支《し》柱《ちゅう》をゆすった。「装置がよごれてしまった。これでは家畜《かちく》小屋と変わらない」

将校はふるえる両手でなにが起きたか旅行者に指し示《しめ》した。

「処刑の前にはまる一日食事を与《あた》えるべきではないと口をすっぱくして司令官に説明したのに、このしまつ。しかしいまは、温情《おんじょう》を与える路線に舵《かじ》を切ったのです。司令官をとり巻《ま》くご婦人《ふじん》方は、受刑者がここへ連行される前にたらふく甘《あま》いものを食べさせるのです。生まれてこの方、そこの男は臭《くさ》い魚しか食べてこなかったというのに、この期におよんで甘い物を食べることになるとは！　でもまあいいでしょう。文句《もんく》はいいますまい。しかし新しいフェルトの突起《とっき》はどうなっているのでしょう。注文してからもう三ヶ月もたっているのです。百人以上の者が死にものぐるいで吸《す》ったり、かんだりしたものを口にくわえて、吐《は》き気をもよおさないはずがないでしょう」

受刑者《じゅけいしゃ》は頭を下ろしていた。吐き気はおさまったようだ。兵士が受刑者のシャツで装置《そうち》をふいていた。将校《しょうこう》は旅行者のところへ歩いてきた。旅行者は思わず一歩さがったが、将校に手をつかまれて、わきに引っぱっていかれた。

「あなたを信じてお話ししたいことがあります。かまわないでしょうか?」

「ええ」旅行者は目を伏《ふ》せて聞いた。

「あなたがいま驚嘆《きょうたん》したこの裁判《さいばん》手続きと刑《けい》の執行《しっこう》を公然と支持《しじ》する者は、もはやこの流刑地《るけいち》にはいません。本官がただひとりの代表者なのです。同時に前の司令官が遺《のこ》したものを代弁《だいべん》するのも本官ひとりというわけです。この裁判手続きをさらに発展《はってん》させようとは思っていません。いまある状態《じょうたい》を維持《いじ》するだけで精一杯《せいいっぱい》です。前の司令官が存命《ぞんめい》のとき、流刑地は支持者《しじしゃ》であふれていました。わたしも、前の司令官の説得力をすこしはもちあわせているつもりですが、権力《けんりょく》に欠けます。そのため、支持者が雲隠《くもがく》れしてしまったのです。いまでも支持者はおおぜいいますが、だれひとり、声にだしていわないのです。処刑日《しょけいび》である今日、茶店に行っていろいろ話を聞いてみてください。たぶん奥歯《おくば》に物のはさまったような言い方ばかり耳にするでしょう。みな、支持者なのです。しかし司令官も代《か》わり、司令官の意向が異《こと》なるいまとなっては本官の役に立ちません。ところで、あなたにおたずねしたいのですが、司令官とその司令官に影響《えいきょう》を与《あた》えるご婦人《ふじん》方の思惑《おもわく》でこのようなライフワークを」将校はそこで装置を指さした。「だいなしにしていいものでしょうか？　このようなことを見すごしにしていいのでしょうか？　われわれの島に数日いるだけの外国人だとしても、いいとお思いになりますか？　もはや一刻《いっこく》の猶予《ゆうよ》もならないのです。本官の裁判権《さいばんけん》に対してよからぬことが画策《かくさく》されています。司令部では、すでに何度も会議がひらかれているのに、本官は呼《よ》ばれもしません。今日あなたが訪《たず》ねてこられたことも、そうした大きな流れの一環《いっかん》のように思われるのです。連中は腰《こし》抜《ぬ》けぞろいで、外国人であるあなたをまず寄《よ》こしたのでしょう。――むかしの処刑《しょけい》はぜんぜんちがっていました！　処刑の前日にはもう谷は人でいっぱいでした。みんな、見物したい一心で来たものです。司令官は早朝、婦人方《ふじん》をつれてきます。ファンファーレが鳴り響《ひび》き、宿営地《しゅくえいち》全体がめざめます。本官は、準備《じゅんび》が整った旨報《むねほう》告《こく》します。立会人――高官の欠席は許《ゆる》されません――は装置《そうち》のまわりにならびます。この籐椅子《とういす》の山は当時をしのばせるわずかな名残です。装置はぴかぴかにみがきあげられました。部品もほぼ、処刑のたびに新しい物にとり替《か》えられました。数百人の目の前で――斜面《しゃめん》の上まで見物人でうまり、みな、つま先立ちしたものです――受刑者《じゅけいしゃ》は司令官じきじきに〈馬鍬《まぐわ》〉の下に横たえられました。いま一兵卒がおこなっていることが、当時は裁判長《さいばんちょう》である本官の栄誉《えいよ》ある仕事でした。こうして処刑のはじまりとなります！　装置が雑音《ざつおん》をだすようなことはありませんでした。その頃《ころ》には、観衆《かんしゅう》の多くは刑《けい》の執行《しっこう》を見るのをやめて、目を閉《と》じて砂地《すなち》に横になります。

正義《せいぎ》がおこなわれていると、みんなわかっていたからです。その静寂《せいじゃく》のなか、聞こえるのはフェルトの突起《とっき》からもれる受刑者のうめき声だけでした。しかしいまは、フェルトの突起からもれるうめき声を受刑者から引きだすことができません。当時は針《はり》に刺激《しげき》の強い薬液《やくえき》を塗布《とふ》していましたが、いまはその使用が禁《きん》じられているからです。そして先ほどいった六時間目が来ます！　近くで見たいというみんなの希望をかなえることは不可能《ふかのう》でした。司令官は子どもに便宜《べんぎ》を図れと命じました。本官は立場上、つねに司令官のそばにいてもよかったのですが、左右の腕《うで》に子どもをひとりずつ抱《だ》いて、装置のそばにしゃがみました。苦悶《くもん》にゆがむ受刑者の顔から光が射《さ》すときのすばらしいことといったら。絶頂《ぜっちょう》に達し、早くも消え失せようとする正義のかがやきが、われわれの頬《ほお》を照らしたときの感動！　同志《どうし》よ、すばらしい時代でした！」

将校《しょうこう》は目の前に立っているのがだれか忘《わす》れてしまったようだ。旅行者を抱いて、彼《かれ》の肩《かた》に頭をうずめた。

旅行者は困《こま》ってしまった。いらだちまぎれに、将校《しょうこう》のむこうに視線《しせん》を向けた。兵士が清掃《せいそう》を終えて、粥《かゆ》を容器《ようき》から鉢《はち》に流しこんだところだ。それに気づくと、元気をとりもどした受刑者《じゅけいしゃ》が粥をすすりはじめた。兵士は受刑者を何度も押《お》しもどした。粥はもっとあとになって与《あた》えられるものだったからだ。それにしても、食べたがっている受刑者の目の前で兵士がよごれた手で粥を食べてしまうというのはいかがなものだろう。

将校はすぐ気をとりなおした。

「泣き言をいってても仕方ありませんな。当時のことをわかってもらおうとしてもむりなことは承知《しょうち》しています。それに装置《そうち》はまだうごきます。この谷にだれひとり来なくなっても、装置は勝手にうごくのです。そして数百の人がハエのごとくむらがらなくても、さいごにはやはり死体をおだやかに穴《あな》に落とすのです。当時は穴のまわりにしっかりした手すりをつけなければなりませんでした。とっくにとりのぞかれてしまいましたが」

旅行者は将校から顔をそむけようとして、あてもなくあたりを見まわした。旅行者が谷の荒《あ》れはてたようすを見ていると思ったのか、将校は旅行者の両手をつかんで、旅行者の眼前《がんぜん》にまわって、その目をとらえ、こうたずねた。

「この惨状《さんじょう》がわかりますか？」

しかし旅行者はなにもいわなかった。将校はしばらくのあいだ彼《かれ》をかまうのをやめ、足をひらくと、両手を腰《こし》にあてて静かに立ったまま地面を見た。それから旅行者を元気づけるように微笑《ほほえ》んでいった。

「きのう、司令官があなたを招待《しょうたい》したとき、本官はそばにいたのです。招待のことばを聞きました。本官は司令官を知っています。狙《ねら》いがなにかすぐにわかりました。わたしを処分《しょぶん》する力があるというのに、司令官はそれをせず、あなたという名のある外国人の口から批判《ひはん》させようとしているのです。用意周到《よういしゅうとう》です。あなたはこの島に来て二日目。前の司令官とその考え方を知らない。あなたはヨーロッパ的な考えをおもちだ。そもそも死刑《しけい》に反対かもしれない。そうなれば、この装置による処刑《しょけい》にも反対でしょう。しかもあなたが目にするのは、処刑《しょけい》が公開されることなく、わびしげで、すでにがたのきた装置《そうち》によって実施《じっし》されるというもの。——それを合わせ考えれば、司令官はまさにそう考えているのですが、あなたが本官のやり方を正しいと思わないことは容易《ようい》に察しがつくではないですか。そして正しいと思わなければ、あなたはだまっていられないはずです。なぜなら、あなたはご自分の鍛《きた》え抜《ぬ》いた信念にしたがうからです。あなたはたしかに多くの民族の特徴《とくちょう》をご存《ぞん》じだし、それを尊重《そんちょう》なさるでしょう。ですから、ご自分の国でするように全力で異《い》を唱えることはしないかもしれません。しかし司令官はそのようなことを求めていません。ささいな一言、不用意なもの言いで充分《じゅうぶん》なのです。それがすこしでも司令官の意に沿《そ》うことばであれば、あなたの本意でなくても一向にかまわないのです。司令官はあなたからうまくことばを引きだすでしょう。わかっています。司令官のご婦人方《ふじん》が車座《くるまざ》になって、耳をそばだてるでしょう。『わが国の訴訟《そしょう》手続きは異《こと》なります』とか『わが国では判決《はんけつ》の前に被告人《ひこくにん》への尋問《じんもん》をおこないます』とか『わが国では判決はいいわたされるものです』とか『わが国には死刑《しけい》以外の刑罰《けいばつ》もあります』とか『わが国に拷問《ごうもん》があったのは中世までです』とかおっしゃるとおもいます。たしかにおっしゃるとおりですし、あなたには当然のことでしょう。わたしのやり方にはなんらさしさわりのない無邪気《むじゃき》なことばです。しかし司令官は、どう受けとると思いますか？　あの善良《ぜんりょう》なる司令官が椅子《いす》をどかしてバルコニーへと急ぐところが目に見えるようです。ご婦人方もあとにつづくでしょう。ご婦人方がどなり声と呼《よ》ぶ司令官の声が聞こえるようです。『西洋の偉大《いだい》な研究者、世界じゅうの訴訟手続きを調べた人物が、古い慣習《かんしゅう》によるわれわれのやり方を非人間的《ひにんげんてき》だといわれた。この方の判断《はんだん》を受けた以上、かようなやり方を野放しにしてはおけない。そこで本日、命令を下す』――とかなんとか。あなたが反論《はんろん》しても、もはや手遅《てお》くれです。司令官が口にするようなことをいわなかった、本官のやり方を非人間的とはいわなかった。それどころか思慮深《しりょぶか》いあなたらしく、本官のやり方はきわめて人間的で、人間の尊《そん》厳《げん》にふさわしい、この装置は感心したといってもむだです。あなたは婦人方でいっぱいのバルコニーにでることすらできないでしょう。みんなの注意を引きつけるべく声をはりあげようとしても、婦人《ふじん》に口をふさがれておしまいです。そして本官と前の司令官の作品は滅《ほろ》びゆくのです」

旅行者は笑いをこらえずにはいられなかった。やっかいだと思っていた仕事はしごく簡単《かんたん》なようだ。旅行者は遠慮《えんりょ》がちにいった。

「買いかぶられては困《こま》ります。司令官はわたしの推薦状《すいせんじょう》を読んでいます。わたしが裁判《さいばん》手続きの専門家《せんもんか》でないことは知っています。わたしがなにかいったところで、それは個人《こじん》の意見です。ほかの有象無象がいうのとおなじで、なんの重要性《じゅうようせい》もありません。この流刑地《るけいち》では大幅《おおはば》に司令官の裁量《さいりょう》に任《まか》されているとお見受けしますが、そういう司令官の考えと比《くら》べたらじつにとるに足らないものですよ。あなたが思っているように、このやり方について司令官の考えが決まっているのなら、わたしがかかわりをもたなくても、もう終わったも同然ではないですか」

これで将校《しょうこう》もわかっただろうか？　いいや、わかっていなかった。将校は大きく首を横にふると、びくっとして粥《かゆ》を食べるのをやめた受刑者《じゅけいしゃ》と兵士をちらっと見返し、旅行者に顔を近づけた。だが旅行者の顔は見ず、上着のどこかに視線《しせん》を向けながらさっきよりも小さな声でいった。

「あなたは司令官を知らないのです。口幅《くちはば》ったいですが、あなたは司令官やわれわれ全員にとって無害な存在《そんざい》です。ですから、信じてください、あなたの影響力《えいきょうりょく》はばかにならないのです。本官は、あなたがひとりでこの処刑《しょけい》に立ち会われると聞いて、天にも昇《のぼ》る心地でした。司令官のこの指示《しじ》はわたしを狙《ねら》ったものですが、これで本官にとって都合よくなります。処刑を見にくる者が多ければ避《さ》けようのないことですが、見当はずれの耳打ちや軽蔑《けいべつ》のまなざしにさらされます。しかしあなたは本官の説明を聞き、装置《そうち》をその目で見て、これから処刑を見学しようとされている。判《はん》断《だん》はすでに下っているはずです。多少の問題点はのこっているでしょうが、それも処刑をご覧《らん》になれば氷解《ひょうかい》するでしょう。どうかお願いです。司令官に対抗《たいこう》すべく、本官に助力をたまわりたい！」

旅行者は聞くにたえなくなった。

「そんな無茶な」旅行者はさけんだ。「むりです。お役に立てません。あなたの不利になるかもしれませんが」

「あなたにはできます」将校《しょうこう》はいった。将校が拳《こぶし》をにぎるのを見て、旅行者は恐《こわ》くなった。「あなたにはできる」将校は執拗《しつよう》にくりかえした。「本官には成功まちがいなしの計画があります。あなたは影響力《えいきょうりょく》などたいしてないと思っておられるようですが、それならなおのこと、このやり方を維持《いじ》するためにどんなささいなことでもやってみる必要があるのではないですか？　本官の計画をお聞きいただきたい。そのためには、きょうのところはこの流刑地《るけいち》で、本官のやり方に関するあなたの判《はん》断《だん》をできるかぎり口にしないでもらいたいのです。判断を問われても、けっして話してはいけません。この件《けん》については話しにくいらしい、あなたがいやな思いをしている、率直《そっちょく》に話すことになればきっと呪《のろ》いのことばをはくだろう、とそう思われるようにすれば充分《じゅうぶん》です。あなたに嘘《うそ》をつけといっているのではないのです。本当です。『はい、処刑《しょけい》を見ました』とか『はい、説明はすべて聞きました』というふうに答えていただければいいのです。それ以上のことをお願いしているわけではありません。あなたがいやな思いをしていると、みんなが気づけばいいのです。司令官の意に沿《そ》わないでしょうが。むろん司令官は曲解《きょっかい》して、自分勝手に解釈《かいしゃく》するでしょう。そこが本官の狙《ねら》いなのです。明日、司令部に高官を全員集めて、司令官の主宰《しゅさい》による大きな会議がひらかれます。司令官はもちろん、会議でひと芝居《しばい》打つつもりに決まっています。観覧席《かんらんせき》まで用意して、傍聴人《ぼうちょうにん》でいっぱいになることでしょう。本官は議論《ぎろん》に加わるしかありませんが、考えただけで鳥肌《とりはだ》が立ちます。ところであなたも、その会議に招待《しょうたい》されるでしょう。もしあなたがきょう、本官の計画に応《こた》えてくださるなら、その招待は好都合なものとなります。しかしなにか手ちがいで招待されなかったら、ぜひとも招待されるよう働きかけてください。かならず招待されるでしょう。こうしてあなたは明日、ご婦人《ふじん》方とともに司令官の桟敷《さじき》にすわることになります。司令官はあなたがいるかどうか気にして何度も見あげるはずです。どうでもいいような、聴衆《ちょうしゅう》をあてこんだくだらない議論《ぎろん》がつづくでしょう。たいていが港湾《こうわん》工事、そしてまた港湾工事！　そのあと裁判《さいばん》手続きも論《ろん》じられます。もし司令官の側からまったく話題にしなかったり、なかなか話題にならなかったりした場合、本官が水を向けます。立ちあがって本日の処刑《しょけい》について報告《ほうこく》をしましょう。簡潔《かんけつ》な報告にとどめます。慣例《かんれい》ではそういう報告はしませんが、あえてそうします。司令官はいつものように親しげな笑みを浮《う》かべて礼をいうでしょう。これでもう自分を抑《おさ》えられなくなります。好機と捉《とら》えるでしょう。きっとこういうふうにいうはずです。『ただいま処刑の報告があった。なおこの報告につけくわえるなら、今回の処刑には高名な研究者が立ち会った。その方が当流刑地《るけいち》に来訪《らいほう》していることは、みなも知ってのとおりだ。本日の会議にも出席いただき、意義《いぎ》あるものとなった。せっかくなので、この高名な研究者に、古い慣習《かんしゅう》とその慣習にしたがった刑《けい》の執行《しっこう》をどう捉えたかきいてみたいと思うが、いかがかな？』むろん満場の拍手《はくしゅ》、満《まん》場一致《じょういっち》。本官がもっと大きく拍手する。司令官はあなたのほうを向いていうでしょう。『それではみんなになりかわっておたずねする』そうしたら、あなたは手すりまで歩みでて、みんなに見えるように両手を手すりに置いてください。さもないとご婦人《ふじん》につかまれて、いいようにされますから気をつけてください。いよいよあなたの出番です。そこに至《いた》るまでの何時間もの緊張《きんちょう》に、わたしはどうやって耐《た》えたらいいかわかりません。演説《えんぜつ》では遠慮《えんりょ》する必要はありません。本官を通して知った真実をはっきりと伝えてください。手すりから身を乗りだし、声を大にする。そうです。司令官に向かってあなたの意見、あなたのゆるぎない見解《けんかい》を述《の》べてほしいのです。しかし、もしかしたらあなたはその気になれないかもしれませんね。そういう性格《せいかく》ではないし、あなたのお国ではそういうふるまいをしないというのなら、それも結構《けっこう》。立たずともそのまま、ふた言み言いうだけで充分《じゅうぶん》です。あなたの下にいる役人たちにしか聞こえないようなささやき声でもいいです。処刑に立会人がいなかったとか、歯車のきしむ音がしたとか、革《かわ》ひもが切れたとか、フェルトが古くて受刑者《じゅけいしゃ》が吐《は》いたとか、そういうことまでいう必要はありません。細かい話はわたしにお任《まか》せください。いいですか。たとえわたしの演説《えんぜつ》が司令官を会場から追いだせなくても、ひざまずかせるくらいのことはしてみせます。『前任《ぜんにん》の司令官よ、脱帽《だつぼう》する』くらいのことはいわせるつもりです。これが本官の計画であります。ご助力いただけますか？　むろん助けてくださるはず。いや、それはあなたの義務《ぎむ》です」

将校《しょうこう》は旅行者の両腕《りょううで》をつかみ、荒《あら》い息をつきながらその顔を見つめた。さいごはもう絶叫《ぜっきょう》になっていたので、兵士と受刑者《じゅけいしゃ》も聞き耳を立てていた。ひと言もわからないはずなのに、ふたりとも粥《かゆ》をすするのをやめて、口をもぐもぐさせながら旅行者のほうを見ていた。

旅行者にとって、返事ははじめから決まっていた。これまでじつに多くの経験《けいけん》を積んできたから、決心がゆらぐわけがなかった。根本のところで正直者で、怖《こわ》いもの知らずだった。それでも兵士と受刑者に見られていることに一瞬《いっしゅん》ひるんだが、けっきょく、いわなければならないことばを口にした。

「できかねます」

将校は何度かまばたきし、旅行者から目をそらさなかった。

「説明が欲《ほ》しいですか?」旅行者はたずねた。

将校はだまってうなずいた。

「あなたのやり方に納得《なっとく》できないのです。あなたが本心を打ち明ける前からそうでした――あなたの信頼《しんらい》をうらぎるつもりはもとよりありません――。この裁判《さいばん》手続きに異《い》を唱える権利《けんり》が自分にあるかどうか、さきほどから考えていました。口をはさんでわずかでも変わる余地《よち》があるかどうかも。だれに直訴《じきそ》すべきかはわかりました。もちろん司令官です。あなたのおかげではっきりしました。ただし決心を固めさせたのは、あなたのことばではありません。あなたの嘘偽《うそいつわ》りのない信念には感服しました。それでも心はゆらぎません」

将校はだまっていた。装置《そうち》のほうを向くと、真鍮《しんちゅう》の支柱《しちゅう》をにぎり、装置が正常《せいじょう》か調べようとでもいうのか、すこし身を反らせて〈刻印機《こくいんき》〉を見あげた。

兵士と受刑者はそのあいだに仲がよくなったらしく、受刑者はしっかりしばりつけられているのに、むりして兵士になにやら合図を送った。兵士は身をかがめた。受刑者《じゅけいしゃ》がなにかささやき、兵士はうなずいた。

旅行者は将校《しょうこう》のところへ行って話しかけた。

「わたしがなにをするつもりか話していませんでしたね。この裁判《さいばん》手続きについて司令官に意見を述《の》べますが、会議で話すつもりはありません。あくまでふたりだけのときに伝えます。この地に長くとどまるつもりはないので、会議にでることはないでしょう。明日の早朝には出発します。すくなくとも乗船しているでしょう」

将校はうわの空だった。

「このやり方に納得《なっとく》がいかないのですね」将校はひとり言をいって頬《ほお》をゆるめた。でたらめをいう子どもを微笑《ほほえ》ましく見守りながら、本音では困《こま》ったものだと思っている老人のようだ。

「ではおしまいです」そういって、将校は明るいまなざしで旅行者を見つめた。なにか強い意志《いし》を感じる。旅行者になにかへの参加を求めるようなまなざしだ。

「どういうことです？」旅行者は気になってたずねたが、返事はなかった。

「きさまは自由だ」将校は受刑者にわかることばでいった。受刑者は信じようとしなかった。

「自由だといっているのだ」将校はいった。

受刑者の顔にはじめて生気が宿った。本当だろうか？　将校の気まぐれだろうか？　外国人の旅行者が口添《くちぞ》えしてくれたのだろうか？　どうなっているんだ？　そんな顔だった。だが長くはつづかなかった。許《ゆる》されたのなら、一刻《いっこく》も早く自由になりたいと思うのは人情《にんじょう》だ。〈馬鍬《まぐわ》〉がこわれそうなほど、体をゆさぶった。

「革《かわ》ひもを切るつもりか」将校がさけんだ。「おとなしくしろ！　すぐに解《と》いてやる」

将校は兵士に合図をして、いっしょに仕事にとりかかった。受刑者はなにもいわずに、くっくっくと小声で笑い、まもなく左右にいる将校と兵士を交互《こうご》に見た。もちろん旅行者のことも忘《わす》れなかった。

「こいつを引っぱりだせ」将校《しょうこう》は兵士に命じた。〈馬鍬《まぐわ》〉が下りていたので、注意が必要だった。受刑者《じゅけいしゃ》はじっとしていなかったため、背中《せなか》に小さな傷《きず》をこしらえてしまった。

このときから、将校は受刑者のことをまったくかまわなくなった。旅行者のところへ行くと、小さな革《かわ》の紙ばさみをふたたびとりだし、ぺらぺらめくって探《さが》していた一枚《まい》を見つけると、それを旅行者に見せた。

「読んでいただきたい」将校はいった。

「むりです」旅行者はいった。「読み解《と》けないとさっきいったではないですか」

「よく見てください」そういうと、将校はいっしょに読むため旅行者のわきに立った。それでもだめだと気づくと、読み解きやすいように小指で図案をたどった。ただし小指は高く浮《う》かせていた。じかにふれるのは恐《おそ》れ多いとでもいうように。旅行者はせっかくの好意にこたえようとしたが、やはりお手あげだった。そこで将校はその文言をひと文字ひと文字声にだして読んだ。「『正しくあれ！』――そう書いてあるのです。これで読めるでしょう」

旅行者が紙にぐっとかがみこんだので、将校はさわられるのを恐れて遠ざかった。旅行者はなにもいわなかったが、相変わらず読めずにいるのはあきらかだった。

「『正しくあれ！』――そう書いてあるのです」将校はもう一度いった。

「なるほど」旅行者はいった。「そう書いてある気がします」

「いいでしょう」将校は多少満足したらしく、その図案をもってはしごをのぼり、〈刻印機《こくいんき》〉のなかにそっと置いて、歯車装置《そうち》をいじった。設定《せってい》しなおしているようだ。ずいぶん面倒《めんどう》な作業で、小さな歯車まで設定が必要らしく、将校は〈刻印機〉に頭をつっこんだ。それほど綿密《めんみつ》に歯車装置をいじる必要があったのだ。

旅行者は下からその仕事ぶりをずっと見守っていた。首が凝《こ》ってしまい、空からふりそそぐ日の光に目が痛《いた》くなった。

兵士と受刑者は、ふたりだけで別のことをしていた。穴《あな》に落とした受刑者のシャツとズボンを、兵士が銃剣《じゅうけん》の先に引っかけてすくいあげたところだ。シャツは無残によごれていたので、受刑者《じゅけいしゃ》はバケツで洗《あら》い、それからシャツとズボンを身につけた。兵士も受刑者もげらげら笑った。衣服がどちらもうしろからざっくり切りさかれていたからだ。受刑者は兵士を笑わせないといけないとでも思ったか、切りさかれた衣服をまとったまま兵士の前でくるりとまわってみせた。兵士は地面にしゃがみこんで、ひざをたたいて笑った。といっても、将校《しょうこう》たちの手前、はしゃぎ方は控《ひか》え目だった。

上での作業がすむと、将校はもう一度、装置《そうち》全体を見わたして微笑《ほほえ》み、それまであいていた〈刻印機《こくいんき》〉のふたをしめて下りてきた。穴《あな》をのぞき、それから受刑者を見て、衣類をとりだしたことに気づくと、満足そうな顔をし、手を洗うためバケツに近寄《ちかよ》った。そのとき水がひどくよごれていることを知って将校は気を落とし、けっきょく代用品として充分《じゅうぶん》でないことは知りつつ、仕方なく砂《すな》に手をつっこんだ。それから立ちあがると、軍服のボタンをはずしはじめた。えりと首のあいだに押《お》しこんでいた女物のハンカチが二枚《まい》とも、将校の手に落ちた。

「ほら、きさまのハンカチだ」そういうと、将校はその二枚を受刑者のほうへ投げ、旅行者に説明した。「ご婦人方《ふじん》からもらったものです」

将校は急いで軍服をぬぎ、すっかり裸《はだか》になった。それでも衣服を一枚一枚《まい》ていねいに扱《あつか》い、軍服の銀モールを指でなで、総飾《ふさかざ》りの乱《みだ》れをなおした。そうやっててていねいに扱ったことが嘘《うそ》のように、衣類を整えるなり、いらだたしそうにふりかぶって穴に投げこんだ。将校の身にのこされたのは、つりひものついた短剣《にんけん》だけだった。その短剣を鞘《さや》から抜《ぬ》くと、ばきっと折って、鞘とつりひももろとも投げ捨《す》てた。穴のなかでぶつかりあう音がしたほど激《はげ》しい投げ方だった。

将校は素《す》っ裸《ぱだか》で立っていた。

旅行者は唇《くちびる》をかみ、なにもいわなかった。これからどうなるのかわかったが、じゃまをする権利《けんり》はない。将校がこだわっているやり方がこれで廃止《はいし》されるのなら——それこそ旅行者が義務《ぎむ》だと思って介入《かいにゅう》した結果だ——将校の行動は正しい。旅行者もおなじ立場だったら、これ以外の行動はとれなかっただろう。

兵士と受刑者《じゅけいしゃ》はさいしょ、なにが起ころうとしているかわからずにいた。こちらを見ようとすらしなかった。受刑者はハンカチを返してもらってよろこんでいたが、それはぬかよろこびに終わった。というのも、兵士がいきなり手をだし、うばいとったからだ。兵士がハンカチをベルトにはさむのを見て、受刑者が引きぬこうとした。しかし兵士も目ざとかった。こうして、ふたりのじゃれあいがはじまった。将校《しょうこう》が素《す》っ裸《ぱだか》になったとき、ふたりはようやく気づいた。とくに形勢《けいせい》が大逆転《ぎゃくてん》した受刑者がおどろいていた。自分に降《ふ》りかかった運命が、今度は将校にふりかかるのだ。しかも今度はさいごまで行きそうだ。外国人の旅行者が命じたと思ったようだ。つまりこれは復讐《ふくしゅう》。自分はさいごまで行かずにすんだのに、復讐はさいごまでおこなわれるのだ。彼《かれ》は相好《そうごう》をくずし、その笑みは消えることがなかった。

ところで、将校は装置《そうち》のほうを向いていた。装置を熟知《じゅくち》していることはわかっていたが、それでも装置をうまく扱《あつか》い、手なずけるところは見物だった。将校が手を近づけただけで、〈馬鍬《まぐわ》〉は何度も上下し、将校を受け入れるのにちょうどいい高さになった。将校は〈寝床《ねどこ》〉の縁《ふち》をつかんだ。さっそく〈寝床〉が振動《しんどう》しはじめた。フェルトの突起《とっき》が将校の口に近づいた。将校はいやそうにしたが、ためらったのはほんの一瞬《いっしゅん》で、おとなしく口に入れた。

準備《じゅんび》は整った。革《かわ》ひもがまだ垂《た》れさがっていたが、どうやら不必要らしい。将校の体をしばる必要はなかった。そのとき、受刑者が垂れさがっている革ひもに気づき、それで固定しなければ処刑《しょけい》は完結しないとでも思ったか、兵士を手招《てまね》きし、ふたりして将校をしばりつけた。

将校はというと、すでに片足《かたあし》をのばして〈刻印機《こくいんき》〉の作動レバーを押《お》そうとしていた。そのとき、ふたりが来たことに気づいて足を引っこめ、しばられるにまかせた。これでもうレバーに届《とど》かない。兵士も、受刑者も、それを押すという発想はないだろう。旅行者も手をだすまいと決心していた。

しかしその必要はなかった。革ひもがしめられるやいなや、装置がうごきだしたのだ。〈寝床〉が振動し、針《はり》が皮膚《ひふ》の上で踊《おど》り、〈馬鍬〉が上下した。しばらくじっとなめているうちに、旅行者は〈刻印機《こくいんき》〉の歯車がさっききしんだことを思いだした。ところがいまは、すべてが静かだ。かすかにこすれる音すらしない。音がしなかったため、ややもすると装置《そうち》がうごいているかどうかわからないほどだ。旅行者は兵士と受刑者《じゅけいしゃ》のほうを見た。受刑者のほうが元気があり、装置に興味《きょうみ》があるのか、かがんだり、体をのばしたりしながら、兵士に向かってしきりになにかを指さしている。旅行者はいたたまれなくなった。さいごまでいるつもりだったが、このふたりはもう見るにたえなかった。

「家に帰れ」旅行者はいった。兵士はそのつもりだったが、受刑者はそれを罰《ばつ》と受けとった。ここにいさせてくれと、手を合わせて懇願《こんがん》し、旅行者が首を横にふって聞き入れないと、ひれふした。口でいってもだめなら、そばに行って追いはらおう、と旅行者は思った。

そのとき〈刻印機〉のなかで耳ざわりな音がした。旅行者は見あげた。やっぱり故障《こしょう》したか？　しかしさっきとはちがう。〈刻印機〉のふたがゆっくりと上がって完全にひらいた。歯車がひとつだんだん見えてきて、やがて全体があらわれた。まるで〈刻印機〉がなにか大きな力に押《お》されて、歯車の収《おさ》まる場所がなくなったかのようだ。歯車は〈刻印機〉の縁《ふち》からそのまま落ちて、砂地《すなち》をころがってたおれた。そのときにはもう別の歯車がせりだし、つぎからつぎへと大小さまざまの歯車がまたころがり落ちた。〈刻印機〉の中身が空っぽになっただろうと思ったとき、さらに別の新しい大量の歯車がせりあがってぼろぼろ落ち、砂地をころがった。

この出来事に目をうばわれ、受刑者は旅行者の命令をすっかり忘《わす》れ、歯車に夢中《むちゅう》になった。何度も歯車をつかもうとし、兵士にも手伝えとせっついた。しかし、すぐにあわてて手を引っこめた。つぎつぎと歯車が落ちてくるので目移《めうつ》りするのだろう。

一方、旅行者は気が気ではなかった。装置は崩壊《ほうかい》の一途《いっと》をたどっている。静かにうごいていると思ったのはかんちがいだった。将校《しょうこう》は体の自由がきかないのだから、手を貸《か》してやらねばならない。しかし落ちてくる歯車に気をとられ、旅行者は装置《そうち》のほかの箇所《かしょ》を注意しそこねてしまった。さいごの歯車が〈刻印機《こくいんき》〉から落ちたあと、〈馬鍬《まぐわ》〉をのぞいてみて、新しい、はるかにひどい驚《おどろ》きにおそわれた。〈馬鍬〉は図案を刻《きざ》まず、ただひたすらつき刺《さ》しているだけだったのだ。〈寝床《ねどこ》〉は体をまわすことなどせず、振動《しんどう》しながら上下しているだけだった。

旅行者はなんとかして装置を止めなければと思った。これでは将校《しょうこう》が望んだ拷問《ごうもん》ではない。ただの殺人だ。

旅行者は両手をのばした。そのとき、針《はり》で刺しつらぬかれた将校の体ごと〈馬鍬〉が横にずれた。普通《ふつう》なら十二時間後に起きることだ。血がいくつもの流れになってこぼれ落ちる。水とまじりあっていない。排水管《はいすいかん》もこわれてしまったのだ。

さいごの工程《こうてい》も、うまくいかなかった。体が針から抜《ぬ》けず、どくどくと血を流しながら、穴《あな》の上でつるされたまま落ちなかったのだ。〈馬鍬〉は元の位置にもどらず、重荷から解放《かいほう》されていないとわかっているかのように、穴の上に止まっていた。

「手を貸《か》してくれ！」旅行者は兵士と受刑者《じゅけいしゃ》に向かってさけび、将校の両足をつかんだ。

旅行者が両足を押《お》し下げ、ふたりが将校の頭をつかめば、将校の体はゆっくりと針から抜けるはずだった。ところが、ふたりは来てくれなかった。受刑者など背《せ》を向けるしまつだ。旅行者はふたりを将校の頭のところへむりやりつれていかなければならなかった。

このとき、不本意ながら遺体《いたい》の顔を見ることになった。生きていたときとおなじだ。約束された絶頂《ぜっちょう》の兆しすらない。この装置にかけられてほかのみんなが見いだしたものを、将校は見つけられなかったのだ。唇《くちびる》をぐっと引きしぼり、目をひらき、まだ生きているかのようだ。まなざしはおだやかで、確信《かくしん》に満ち、眉間《みけん》には大きな鉄釘《てっくぎ》の先端《せんたん》が刺さっていた。

旅行者が兵士と受刑者をしたがえて、人家のあるところまでもどってくると、兵士がそのうちの一軒《けん》を指さしていった。

「あれが茶店です」

奥行《おくゆ》きがあり、天井《てんじょう》が低く、洞窟《どうくつ》のような建物で、壁《かべ》と天井が煤《すす》だらけだった。道路側はあけっぱなしになっている。

流刑地《るけいち》では、宮殿《きゅうでん》のような司令部をのぞけば、どの家もひどく荒《あ》れはてているが、茶店もその部類だった。それでも歴史を感じさせる趣《おもむき》がある。旅行者はむかしの映画《えいが》の名残を感じた。

店に近寄《ちかよ》ると、旅行者はふたりの供《とも》をしたがえたまま、店の前の路上にならぶ、だれもすわっていないテーブルのあいだを通って店内に入り、ひんやり湿《しめ》っぽい空気を吸《す》った。

「前の司令官はここに葬《ほうむ》られています」兵士はいった。「墓地《ぼち》に埋葬《まいそう》することが僧《そう》侶《りょ》によって拒否《きょひ》されたのです。どこに埋《う》めたらいいか、しばらくのあいだ決まりませんでした。将校《しょうこう》はそのことをあなたに話していないでしょう。あの人はそのことを恥《は》じていましたから。何度か夜中に忍《しの》びこんで、前の司令官を掘《ほ》りだそうとして追いはらわれたこともあります」

「墓《はか》はどこに?」兵士の話が信じられなかった旅行者はたずねた。

兵士と受刑者《じゅけいしゃ》のふたりは前に立って、墓のあるほうを手で指し示《しめ》した。ふたりは旅行者を店の奥《おく》につれていった。そこにはいくつかテーブルがあり、客がすわっていた。港湾《こうわん》労働者らしく、黒々《くろぐろ》した短いひげを生やした屈強《くっきょう》な男たちだ。みんな、上着を着ていないし、シャツはぼろぼろで、みすぼらしい身なりだ。近づくと、数人が立ちあがり、壁ぎわに寄《よ》って、旅行者を見た。

「よそ者だ」旅行者のまわりでささやく声がした。「墓が見たいんだとさ」

男たちはテーブルをひとつどかした。墓石《はかいし》はその下にあった。粗末《そまつ》な石で、地面に埋めこまれているので、テーブルに隠《かく》れて見えなかったのだ。墓石にはひどく小さな文字で銘《めい》がきざまれていた。それを読むには、ひざまずく必要があった。そこには、こうきざまれていた。

「ここに前司令官が眠《ねむ》る。いまは名乗ることを許《ゆる》されぬ支持者《しじしゃ》たちは司令官のために墓穴《はかあな》を掘《ほ》り、石を置いた。時が満ちれば、司令官はよみがえり、この家から支持《しじ》者《しゃ》たちを率《ひき》いて流刑地《るけいち》を奪還《だっかん》するという予言がある。これを信じて待つがよい！」

銘文《めいぶん》を読んで旅行者が腰《こし》をあげると、まわりに立つ男たちが微笑《ほほえ》んでいた。いっしょに銘文を読み、世迷《よま》い言だとみなし、賛同《さんどう》しろと彼《かれ》に迫《せま》っているようだった。旅行者は気づかないふりをして、硬貨《こうか》を数枚《すうまい》、彼らにわけあたえると、墓《はか》の上にテーブルがもどされるのを待ってから、茶店をでて港へ向かった。

茶店で顔見知りを見つけた兵士と受刑者《じゅけいしゃ》はそのままのこった。だがふたりはすぐ顔見知りと別れてきたようだ。波止場に通じる長い階段《かいだん》を旅行者が下りていると、ふたりが追いかけてきた。ふたりは、いっしょにつれていってくれと旅行者にせがむつもりらしい。汽船へ運んでもらうために旅行者が船頭に声をかけていると、ふたりは階段を下りてきた。だがなにもいおうとしない。叫《さけ》ぶのがはばかられたのだろう。

ふたりが階段を下りきったとき、旅行者はすでにボートに乗りこんでいた。船頭はちょうどボートを岸からはなしたところだ。ふたりはボートに飛びうつる気満々《まんまん》だったが、旅行者は船底にゆわえた重いロープをふりあげ、それでおどして、ふたりが飛び乗るのを阻止《そし》した。

館を防衛《ぼうえい》する光景

Bilder von der Verteidigung eines Hofes

なんの変哲《へんてつ》もない柵《さく》が切れ目なくつづいている。人の背丈《せたけ》ほどの高さもない。柵のうしろに男が三人立っていて、顔をのぞかせている。真ん中の男が一番背《せ》が高く、左右の男は頭ひとつ小さい。ふたりは真ん中の男にくっつくように立っていた。三人ひと組なのだ。この三人は柵というか、柵に囲まれた館の守りを固めていた。

人影《ひとかげ》はほかにもあるが、姿《すがた》を見せて見張《みは》っているのは彼《かれ》らだけだった。ひとり、庭の真ん中に置いた机《つくえ》に向かってすわっている者がいる。ぽかぽかと暖《あたた》かかったので、軍服の上着を脱《ぬ》いで椅子《いす》の背もたれにかけていた。手元に数枚《すうまい》の小さなメモ用紙を置き、大きくて幅《はば》のある、インクをたっぷり使う書体でなにか書いていた。ときどき画鋲《がびょう》で机に貼《は》りつけた小さな図に目をやる。館の図面だ。

男は司令官で、この図面にしたがって防衛《ぼうえい》の指示《しじ》をだしていた。ときおりすこし顔を上げて、三人の守備兵《しゅびへい》と柵のむこうのひらけた土地を見た。そこで目にしたことを参考にして、指示書《しじしょ》に書きこみをする。司令官はせわしなく働いていた。状況《じょうきょう》が緊迫《きんぱく》しているのだ。

指示書ができて、司令官が呼《よ》ぶと、近くの砂場《すなば》で裸足《はだし》のまま遊んでいた小さな少年が、そのメモを運ぶ。だが司令官はいつも手渡《てわた》す前に、湿《しめ》った砂《すな》でよごれた少年の両手をまず軍服の上着できれいにする必要があった。砂が湿っていたのは、ひとりの男が軍服を洗濯《せんたく》し、大きな桶《おけ》から水を飛びちらしているからだ。男は庭にぽつんと生えた、貧弱《ひんじゃく》なボダイジュと柵のあいだに洗濯ひもをわたし、洗濯ものをかけて干《ほ》していた。司令官は汗《あせ》でびっしょりになり、肌《はだ》にはりついたシャツをいきなりぬぐと、桶のそばにいるその男のところに投げた。男は乾《かわ》いたシャツをひもからとってくると、司令官にわたした。

桶のそばの木陰《こかげ》には、若《わか》い男が椅子にすわって、前後にゆらしていた。まわりで起きていることにはわれ関せずという風情《ふぜい》で、ぼんやり空を見上げ、飛んでいく鳥をながめながら、ホルンで軍隊の合図を鳴らす練習をしていた。必要なことだが、司令官はときどき我慢《がまん》ならなくなって、顔を上げることなく、練習をやめろとラッパ吹《ふ》きに手で合図した。それでもラッパ吹きにやめるようすがないと、ふりかえってどなりつけた。それでしばらくのあいだ静かになるが、ラッパ吹きはそっと、試すようにまたホルンを吹きはじめる。そのうち調子に乗って、さっきとおなじ大きさでホルンを鳴らす。

切り妻《づま》の窓《まど》のカーテンは下ろしてあった。それが目立たないのは、館のこちら側の窓にすべて目隠《めかく》しがしてあったからだ。それもこれも、敵《てき》にのぞかれて、攻撃《こうげき》を受けないようにするためだった。しかしそのカーテンの陰《かげ》から、小作人の娘《むすめ》がラッパ吹きを見下ろして、ホルンの響《ひび》きにうっとりしていた。胸《むね》に手をあて、目をつむって聞き惚《ほ》れることもあった。本当は裏手《うらて》の家の大部屋で、糸くずとりにはげむお手伝いたちを監督《かんとく》しろといわれていた。しかしそこではホルンの音がかすかにしか聞こえない。どうにも落ち着かず、聞きたいというあこがれがこうじて、矢も楯《たて》もたまらず、がらんとして、かびくさい館にこっそりしのびこんだのだ。

娘はときおり、すこし前かがみになって、父親が庭で働いているかたしかめた。父親がお手伝いたちの働きぶりを見にいくようなら、もうここにはいられない。父親はいまも玄関《げんかん》前の石の外階段《かいだん》にすわって、パイプをくゆらせながら、板をわっている。できあがったのや、できかけのや、まだ手をつけていない木がまわりに山をなしている。ひとたび戦闘《せんとう》になれば、館とその屋根に被害《ひがい》がおよぶ。修繕《しゅうぜん》の用意をしておく必要があったからだ。

玄関の横の窓にはすき間なく板が打ちつけてあるが、そこから煙《けむり》と物音がもれていた。そこは台所にあたり、小作人のおかみさんがちょうど兵隊にだす昼食をこしらえたところだった。大きなかまどだけでは足りず、野外炊具《すいぐ》をふたつ調達したが、それでもまだ充分《じゅうぶん》といえないことがわかった。部隊に栄養がいきとどくことは、司令官にとってとてもだいじなことだった。だから、みっつ目の野外炊具の助けをかりることにしたが、すこし壊《こわ》れていたので、男がひとり、館の横の菜園で手入れをしているところだ。本当は館の前で作業をするつもりだったが、ハンマーを打つ音が我慢《がまん》ならない、と司令官にいわれ、動かすしかなかったのだ。炊事兵《すいじへい》はじれったくなり、人をやって、野外炊具《すいぐ》が直ったか見てこさせたが、修理《しゅうり》はいっこうにはかどらず、きょうの昼食にはもう間に合わないので、あるものでなんとかすることにした。

食事はまず司令官にだされる。特別なものをだすなと何度もはっきり命じてあったのに、館の女主《おんなあるじ》は普通《ふつう》の兵食をだす決心がつかなかった。それに給仕をほかのだれかにまかせるのもいやだった。きれいな白いエプロンをつけ、濃厚《のうこう》なチキンスープを銀の盆《ぼん》にのせると、女主は庭にいる司令官のところへ運んでいった。司令官が仕事の手を休め、食事のために館に入るとは思えなかったからだ。

近づいてくる女主に気づくと、司令官はていねいに腰《こし》を上げたが、食べる時間がありません、時間どころか、気持ちのゆとりもないのです、と女主に告げた。女主はうつむいて、上目づかいに司令官を見た。その目がうるんでいたので、司令官は立ったまま、笑みを浮《う》かべ、女主が両手にもっている皿からひとさじスープを飲んだ。これで義理《ぎり》ははたしたとでもいうように、司令官は一礼すると、腰を下ろして仕事にもどった。女主がまだしばらく横にたたずんでから、ため息をついて台所にもどったことにも気づかなかった。

しかし、部下たちの食欲《しょくよく》はおおちがいだった。台所の窓《まど》のすき間から、炊事兵がひげ面をのぞかせ、ホイッスルで昼食の合図をすると、あたりが活気づいた。司令官がまゆをひそめるくらいの活況《かっきょう》ぶりだった。兵士がふたり、納屋《なや》からリヤカーを引きだした。それ自体が大きなたるの形をしていて、勝手口でスープがそこにざっと注がれた。守備兵《しゅびへい》たちは持ち場を離《はな》れることがゆるされていないため、食事は配ってまわることになっていた。

リヤカーはまず柵《さく》の守備兵のところへ向かった。司令官が指で合図をするまでもなく、当然の流れだった。というのも、この三人がいまいちばん敵《てき》の矢面に立たされているからだ。そのことは兵卒でもわかることだ。いや、一兵卒のほうが士官よりもよくわかっていることかもしれない。司令官としては、配膳《はいぜん》を急がせ、食事のために守備《しゅび》が中断《ちゅうだん》する時間を極力短くしたいところだが、いつもは模範的《もはんてき》な三人が、こともあろうに庭とリヤカーを気にして、柵《さく》の前方を警戒《けいかい》するのをおこたった。三人に食事が配られると、リヤカーは柵にそって移動《いどう》した。二十歩ごとに三人ひと組の兵士たちが見えないように柵のところにしゃがんでいる。いざというときには柵から顔をだしている三人同様、立ちあがって、敵《てき》に姿《すがた》を見せることになっていた。

そのうち館からでてきた予備兵《よびへい》が勝手口に長い行列をこしらえた。おのおの深皿を手にしている。ラッパ吹《ふ》きも立ちあがった。小作人の娘《むすめ》はがっかりして、お手伝いたちのところにもどっていった。というのも、ラッパ吹きは椅子《いす》の下から深皿をだし、かわりにホルンをそこにしまったからだ。

このときボダイジュのこずえが、かさかさ音をたてた。そこには望遠鏡で敵を見《み》張《は》っている兵士がいた。守備には欠かせないだいじな持ち場なのに、リヤカーを引いている者たちは彼《かれ》をうっかり忘《わす》れてしまった。おまけに、ひまにしている予備兵が数人、料理に舌鼓《したつづみ》を打つため、ボダイジュのまわりに腰《こし》をおろしたものだからたまらない。スープの湯気とにおいが立ちのぼってきた。だからといって、見張りの兵は声をあげるわけにいかない。気づいてもらおうと、まわりの枝《えだ》をゆすり、木の葉のあいだから何度も望遠鏡をつきだした。だが、やるだけむだだった。頭数にはいっているのだから、ぐるっと一巡《いちじゅん》するのを待つしかなかった。もちろん時間がかかる。庭は広くて、四十箇所《かしょ》に配置された三人ひと組の守備兵《しゅびへい》に料理を配らなければならない。

兵士がリヤカーをえっちらおっちら引きながら、ようやくボダイジュまでやってきた。あいにく、樽《たる》にはスープがすこししか残っていなかった。肉もほんのわずかしかない。見張りの兵は鉤《かぎ》のついた棒《ぼう》に引っかけた深皿をもらい、残ったスープを飲んだまではよかったが、それから幹《みき》をつたってすこし下りてくると、腹立《はらだ》ちまぎれに、というか、それが感謝《かんしゃ》の気持ちだといわんばかりに、給仕係の兵士の顔を足でけとばした。当然、給仕係はかっとしてわれを忘れ、仲間にもちあげてもらって木のてっぺんにのぼった。こうして下からは見えない戦いがはじまった。枝《えだ》ががさがさゆれ、うめき声が聞こえて、木の葉が散った。それから望遠鏡が地面に落ちて、すぐに静かになった。

司令官はというと、ほかのことに気をとられていた。柵《さく》の外の野原でなにかことが進んでいるらしいのだ。だから司令官は騒《さわ》ぎにまったく気づかなかった。給仕係の兵士がそっと木からおりてきて、これぞ友情《ゆうじょう》の証《あかし》とばかりに望遠鏡をさしあげた。これで一件落着《いっけん》。スープもたいしてこぼれはしなかった。見張《みは》り役の兵士は喧嘩《けんか》を見越《みこ》して、風にゆれても平気なように深皿を一番上の枝にしっかり引っかけておいたからだ。

橋

Die Brücke

わたくし、硬《かた》くて冷たい体をしています。わたくしは橋。奈落《ならく》をまたいでいます。こちら側では足をつっぱり、あちら側では両手をついて、くずれやすい土にがっしり食いこんでいました。スカートのすそは、わたくしの両わきではためいていました。はるか下では、マスがすむ、冷たい渓流《けいりゅう》が音をたてて流れています。こんな足場のわるい高みにまよいこむ旅人なんていやしません。まだ地図にものっていなかったものですから。

そういうわけで、わたくしはこの恰好《かっこう》のまま待ちました。待つしかなかったのです。一度つくられた橋というのは、くずれ落ちでもしないかぎり、橋であることをやめられません。

ある日暮《ひぐ》れどきのことです。――それがさいしょの夕方か、千度目の夕方かは覚えていませんが——わたくしは妄想《もうそう》たくましく、いろいろぐるぐると考えをめぐらしていました。夏の夕暮《ゆうぐ》れ。渓流からはいつもより暗いせせらぎの音がしていました。そのとき、殿方《とのがた》の足音が耳に入ったのです！　わたくしのところへ来る、わたくしのところへ。

さあ、橋よ、しっかり体をのばすのよ。手すりのない木橋よ、あなたに身を任《まか》せるその殿方をささえてさしあげるのよ。足元が心もとないようなら、こっそり自信をつけさせてあげましょう。でも、もしもよろめいたりしたら、正体をあかし、山の神ででもあるかのように殿方を向こう岸まで投げとばしましょう。

殿方が来ました。鉄でできた杖《つえ》の先でわたくしをつつきます。その杖でスカートのすそをすくいあげ、ちゃんとわたくしにかけてくれました。つぎにわたくしのやぶのような髪《かみ》に杖の先を入れ、しきりにあたりを見まわしながら、長いあいだ杖をそのまま横たえていました。

ところが、殿方がこのあとたどるであろう山や谷をわたくしが思いえがいていると、わたくしの体の真ん中に立って、両足でぴょんと飛びはねたのです。痛《いた》いのなんの。わけがわかりませんでした。この方は何者？　子ども？　夢《ゆめ》？　追いはぎ？　自殺者？　誘惑《ゆうわく》者？　破壊《はかい》者？　わたくしは何者なのか気になってふりかえりました。

橋が裏返《うらがえ》ったのです！　まだちゃんとふりかえる前から、わたくしはくずれはじめました。くずれて、こなごなにくだけ、渓流《けいりゅう》のなかからいつも長閑《のどか》にわたくしを見ていた、するどくとがった岩にぐさりと串刺《くしざ》しになりました。

雑種《ざっしゅ》

Eine Kreuzung

うちには奇妙《きみょう》なペットがいる。子ネコと子ヒツジの混血《こんけつ》さ。父さんから相続したものだ。

変になったのは、ぼくが飼《か》うようになってからだけどね。以前は子ネコよりも子ヒツジに近かった。けれども、いまはだいたい半々《はんはん》というところだ。頭と爪《つめ》はネコ。胴体《どうたい》と大きさは子ヒツジ。目は両方の特徴《とくちょう》を受けついでいて、ぎらぎら光っている。毛なみはやわらかいのに、体にぴったりはりついている。ぴょんぴょんとびはねもし、忍《しの》び歩きもする。窓辺《まどべ》でひなたぼっこをするときは、背中《せなか》をまるめて、のどをならし、草地にでると、夢中《むちゅう》でかけまわるので、つかまえるのにひと苦労する。ネコにでくわすとしっぽを巻《ま》くくせに、子ヒツジを見つけると、おそいかかる。月夜には好んで雨どいをつたって歩く。ニャアと鳴くことはなく、ネズミがきらい。ニワトリ小屋のそばでは何時間もじっと獲物《えもの》をねらうのに、一度も首尾《しゅび》よくしとめたことがない。えさは甘《あま》いミルクだ。大好きらしく、牙《きば》をむきながら、ごくごく飲む。

もちろん子どもの人気者だ。日曜日の午前中が面会時間。ペットをひざにのせたぼくのまわりに、近所の子どもたちがむらがる。

子どもたちは返事にこまるような質問《しつもん》をする。

「どうしてこんな動物がいるの？」

「どうしておじさんのところにいるの？」

「前からこういう動物がいたのかなあ？」

「死んだらどうなるんだろう？」

「一匹《ぴき》でさびしいことはないのかな？」

「なんで赤ちゃんをうまないんだろう？」

「名前はなんていうの？」

などなど。

いちいち返事していられないから、ぼくはなにも説明しないで、ペットをただ見せるだけにしている。子どもたちはときどきネコをつれてくる。子ヒツジを二匹《ひき》つれてきたこともある。ところが動物たちはおたがい、相手を気にするようすがない。しずかに見つめあうだけで、あたりまえのように受けいれている。

ぼくのひざにのっていると、ペットは安心しきって、獲物《えもの》を追いかけようともしない。ぼくにぴったりくっついているところを見ると、とにかく居心地《いごこち》がいいようだ。育てたぼくを家族だと思っている。とはいっても、並外《なみはず》れた忠誠心《ちゅうせいしん》をもっているわけではなく、動物らしい直感によるものらしい。動物はこの世にごまんといるが、うちのペットにかぎって血を分けた親類など一匹《ぴき》たりともいない。だから、こうやって保護《ほご》してもらえるのはありがたいことだとわかっているのだ。

うちのペットは、ぼくのまわりをくんくんかぎまわったり、足のあいだにわってはいったりして、ぼくから離《はな》れようとしないものだから、ときどきほほえましくなる。うちのペットはヒツジとネコではあきたらず、今度はイヌになりたがっているようだ。そんなきざしがあるように思えてならないんだ。じつをいうと、うちのペットはふた通りの不安をかかえている。ネコの不安とヒツジの不安だ。それぞれ中身はだいぶちがう。だからやっかいこのうえないのだろう。

もしかしたらこのペットにとっては、肉屋の包丁が救いなのかもしれない。けれども、それではせっかくの遺産《いさん》であるこのペットをあきらめることになるからなあ。

断食《だんじき》芸人《げいにん》

Ein Hungerkünstler

この数十年、断食芸人《だんじきげいにん》はすっかり落ち目になっていた。以前は、自分で大々的《だいだいてき》に興行《こうぎょう》を打てば、いい稼《かせ》ぎになった。だが、いまはだめだ。時代が変わってしまった。むかしは街中が断食芸人の話でもちきりになったものだ。断食がはじまると、日に日に人気が高まる。みんな、日に一度は断食芸人を見ずにいられなかった。興行が佳境《かきょう》に入ると、席を予約し、小さな檻《おり》の前に一日中すわりこむ人もいた。夜中でも興行があり、松明がともされたなかでの見物は雰囲気《ふんいき》満点だった。

天気がいいと、檻は外に運びだされる。そうすると、見物人の大半が子どもになる。おとなは、流行っているうわさに釣《つ》られて見にくるだけだが、子どもたちは本気でびっくりぎょうてんしてぽかんと口をあけ、こわごわ手をにぎりあう。むりもない。断食芸人は顔が蒼白《あおじろ》く、黒いタイツを身につけ、あばら骨《ぼね》を浮《う》きあがらせている。椅子《いす》をきらって、床《ゆか》にまいたワラの上にすわり、あるときは、ていねいにうなずき、またあるときは、むりに笑みをうかべて、みんなの質問《しつもん》に答え、どんなにガリガリかさわってもらうために鉄格子《てつごうし》のあいだからにゅっと腕《うで》をだす。かと思うと、見物人を無視《むし》して物思いにふけり、檻のなかのただひとつの置物で、だいじな時刻《じこく》を教えてくれる時計にも関心をよせず、目をなかば閉《と》じて、ぼんやりと前を見ながら小さなグラスの水をすすって、唇《くちびる》をしめらせることもある。

入れかわり立ちかわりやってくる見物人のほかに、観衆《かんしゅう》からえらばれた見張《みは》り役がいつもそばにつめていた。なぜか肉屋で、つねに三人ひと組。昼も夜も断食芸人がこっそりなにか食べないように監視《かんし》した。

ただし、これも形だけで、みんなを安心させるためだった。断食芸の通なら、興行中の断食芸人はなにがあってもいっさい口に入れないとよく知っていた。それが芸人の気概《きがい》というものだ。

むろん見張り役のだれもがそのことを理解《りかい》しているわけではなかった。夜中の担《たん》当《とう》には、いいかげんな組もあって、わざと離《はな》れてすわり、トランプ遊びにふけることがあった。どうせどこかに食べものを隠《かく》しもっているはず、一服したらいいというわけだ。

断食芸人《だんじきげいにん》にとって、こういう見張《みは》り役ほど、いやな存在《そんざい》はいなかった。まったく情《なさ》けないことだ。そのせいでよけいに断食がつらくなる。こういう連中が見張りになると、弱気になることもあったが、めげずに歌って、そんな疑《うたが》いを抱《いだ》くこと自体がどんなに的はずれなことか教えてやろうとした。

しかし、これも焼け石に水。逆《ぎゃく》に、歌いながら食事をするとはすごいと感心されてしまうしまつだ。おなじ見張り役なら、檻《おり》のそばに陣取《じんど》って、夜の会場をぼんやりくまなく照らす明かりでも足りないとばかりに、興行主《こうぎょうぬし》が用意した懐中《かいちゅう》電灯で檻のなかを照らす連中のほうがまだましだった。まぶしいくらいなんでもない。どうせ眠《ねむ》れないのだから。明かりがついていようが、いつだってうとうとすることはできる。それこそ人でごったがえし、ざわざわしている広間でも、まどろむことはできる。

断食芸人は見張り役相手に、夜中一睡《いっすい》もしないですごすこともあった。冗談《じょうだん》を飛ばし、巡業《じゅんぎょう》中のよもやま話を披露《ひろう》した。断食芸人は見張り役の話にも耳をかたむけた。そんなことをするのも、見張り役を眠らせず、檻のなかに食べものをこっそりもちこんだりしないし、だれにもまねのできない断食をやっているのだとわからせるためだ。朝が来ると、断食芸人は朝食をたっぷり運んでこさせて、見張り役にふるまう。見張り役たちは、寝《ね》ずの番をしたタフな男らしく旺盛《おうせい》な食欲《しょくよく》でその朝食をたいらげる。断食芸人にとっては、その光景を見るのが至福《しふく》の時だった。

ところが、朝食で見張り役を手なずけていると勘《かん》ぐる口さがない連中もいた。まったくひどい言いがかりだ。朝食もつかない徹夜《てつや》の見張りなど、いったいだれが好き好んで引き受けるだろう。そういいかえせば、そういう手合いは引きさがるが、疑いの目が消えることはなかった。

とにかく断食芸人はいつもそういった疑いの目にさらされていた。連日連夜、片《かた》時《とき》も目をはなさずに見張《みは》り役をすることなど、だれにもできない芸当だ。だから、断食《だんじき》が一点のくもりもなくずっとつづけられたかどうか、自分の目で確《たし》かめた者はひとりもいない。そのことを知っているのは、断食芸人だけ。本人だけが、断食芸を心から満喫《まんきつ》していた。

しかし彼《かれ》には不満もあった。やせこけた姿《すがた》があわれで見るにたえず、見物を控《ひか》える人がいるのはまだいい。じつはやせ衰《おとろ》えていたのは、自分に問題があったからだ。彼は断食がどんなに簡単《かんたん》なことか知っていた。それは断食芸の通でも知らないことだった。そのことを知っているのは断食芸人だけだった。

断食など、この世でもっとも簡単なこと。断食芸人はそれを隠《かく》そうともしなかったが、そうすると奥《おく》ゆかしいといわれたり、ウケ狙《ねら》いだとけなされたり、らくに断食ができる秘策《ひさく》をもつペテン師《し》だからそういうことを公言してはばからないんだ、けしからん奴《やつ》だとされたり、いいたい放題いわれる。

断食芸人は、いわせておくしかなかった。そのうち、なにをいわれても平気になったが、不満は彼の心をむしばんでいった。そのため、断食期間をみごとまっとうして、その証明書《しょうめいしょ》を手にしたあとでも、檻《おり》からでようとしなかった。
ところで興行主《こうぎょうぬし》は、断食期間を最長四十日とさだめていた。たとえ世界的な大都市での興行《こうぎょう》でも、それ以上断食させることはなかった。それには歴《れっき》としたわけがあった。四十日くらいなら、都会人の関心を宣伝《せんでん》であおることができる。これは経《けい》験則《けんそく》だ。ところが、それをすぎると人気に翳《かげ》りが見えはじめ、客足がみるみる遠のく。もちろん都会と田舎《いなか》では多少のちがいがあったが、基本的《きほんてき》に四十日がやめる潮《しお》時《どき》だった。

四十日目になると、花で飾《かざ》られた檻の扉《とびら》がひらかれる。熱狂《ねっきょう》した観衆《かんしゅう》が円形劇《げき》場《じょう》をうめつくし、軍楽隊が演奏《えんそう》をする。医者がふたり檻のなかに入り、断食芸人の身体検査《けんさ》をすると、その結果をメガホンで会場に知らせる。つづいて抽選《ちゅうせん》でえらばれた若《わか》い女性《じょせい》がふたり、嬉々《きき》として登場し、断食芸人を檻からだして、二、三段《だん》ほどの階段《かいだん》を下りる。そこには小さな食卓《しょくたく》があり、えらびぬかれた病人食がならべられている。

だが断食芸人《だんじきげいにん》は、決まって檻《おり》からでるのをいやがる。婦人《ふじん》がかがんでさしだした手に、骨《ほね》ばった腕《うで》をのせはするが、立ちあがろうとはしない。どうして四十日でやめなければならないのか。まだつづけたいのに。断食は最高潮《さいこうちょう》に達したところだ。まだまだやれるのに、どうしてやめるのだ。このまま断食をつづければ名声がえられる。なぜそのじゃまをする。不世出《ふせいしゅつ》の断食芸人となる（じつはその名をすでにほしいままにしていたが）だけでなく、己《おのれ》を乗り越《こ》えて、途方《とほう》もない存在《そんざい》になれるのに。

彼《かれ》は、自分の断食力にまったく限界《げんかい》を感じなかった。これほど賛辞《さんじ》をおしまない観衆《かんしゅう》が、どうして飽《あ》きるというのだろう。断食芸人がいくらでも断食をつづけられるのだから、観衆だって辛抱《しんぼう》できるはずではないか。それに疲《つか》れているし、ワラにくるまっているほうが気持ちがいい。腰《こし》を上げて、食事をしにいかなければならないとは、考えただけで吐《は》き気がする。もちろん婦人方にわるいから、そのことを口にだしていうことはない。やさしげに見えても、そのじつ残酷《ざんこく》な婦人たちを見あげて、断食芸人はよわよわしい首にのった大きな頭を横にふる。するど毎度おなじことが起きる。興行主《こうぎょうぬし》がやってきて、だまって（というのも、音楽がうるさくてどうせ聞こえないからだ）断食芸人の上に腕をふりあげる。それはちょうど、ワラの上にいる神の被造物《ひぞうぶつ》、いとおしむべき殉教者《じゅんきょうしゃ》をご照覧《しょうらん》あれと天に向かって念ずるようなしぐさだ。意味はちがうが、断食芸人はたしかに殉教者だ。興行主はそれから断食芸人のか細い腰を抱《かか》える。割《わ》れものでもさわるようにおそるおそる。そして断食芸人の足と上半身をぐらぐらするほどゆらしながら、色を失った女性《じょせい》たちに引きわたす。断食芸人はすべて、なりゆきにまかせる。うなだれた頭は、ぽろりところがり、引っかかっているように見える。腹《はら》は落ちくぼみ、足は自然とひざにささえられているが、地面をただひっかくだけだ。その地面が本物ではなく、本物の地面がどこにあるのか探《さが》しているかのように。

いくら体が軽いとはいえ、彼の全体重が女性のひとりにのしかかると、この名誉《めいよ》なつとめがこういうものだと思いもしなかった女性《じょせい》は息もたえだえに救いを求め、断食芸人《だんじきげいにん》に顔がさわらないように必死にそらす。しかしそれがうまくいかない。幸運にめぐまれたもうひとりの女性も救いの手をのばそうとせず、骨《ほね》と皮だけの断食芸人の手をわななきながらささげる。それを見て、会場が爆笑《ばくしょう》の渦《うず》につつまれる。女性が泣きだすと、控《ひか》えていた手伝いの者が交代する。

それから食事になる。もうろうとしている断食芸人の口にすこしずつ食べ物を流しこみながら、興行主《こうぎょうぬし》は断食芸人が前後不覚なのを観衆《かんしゅう》に気取《けど》られないように、おもしろおかしくおしゃべりをする。つづいて、断食芸人に耳打ちされたといって、乾杯《かんぱい》の音頭をとり、楽団《がくだん》の晴れやかな演奏《えんそう》で幕《まく》となる。観衆は散っていく。不満をもらす者はひとりもいない。ただひとり断食芸人だけが、いつも不満だった。

断食芸人は定期的に短い休みをとりながら長年こういう生活をつづけてきた。うわべははなやかで、世界じゅうから敬《うやま》われていたが、じつは心が晴れることがなかった。というか、だれも彼《かれ》の気持ちを本気にしなかったので、ますますふさぎこんでしまった。なぐさめようがないし、これ以上なにもしてやれない。

悲しみに断食芸人の胸《むね》がふさがるのは、腹《はら》をすかせたせいだと説明しようとする奇特《きとく》な人があらわれることがある。これが断食をしている最中だったりすると、断食芸人はかんかんに怒《おこ》りだし、けだもののように鉄格子《てつごうし》をゆさぶって、観衆をびっくり仰天《ぎょうてん》させる。

しかし興行主も心得たもので、断食芸人になりかわり、集まった観衆に陳謝《ちんしゃ》する。断食のせいで怒《おこ》りっぽくなっているだけであります。満腹《まんぷく》の人には理解《りかい》しがたいでしょう。どうか断食芸人の粗相《そそう》をおゆるしください、というように。それから、断食芸人がこの先いくらでも断食できると豪語《ごうご》していることにふれ、高い志《こころざし》と善意《ぜんい》と偉大《いだい》な自己否定《じこひてい》のなせる業とご理解いただきたいと誉《ほ》めそやす。ただしこれが嘘《うそ》である証拠《しょうこ》に、興行主は断食四十日目に、ベッドに横たわり、息もたえだえの断食芸人を撮《と》った写真をもちだし、ついでにそれを売りさばく。

いつものことだが、断食芸人は毎回この詭弁《きべん》に腹を立て、うんざりするのだった。

心が晴れないのは断食《だんじき》を早く切りあげるせいなのに！　まったくひどい話だ。こんなひどすぎる世界といくら戦ってもむだだ。断食芸人は毎度、鉄格子《てつごうし》のそばで興行主《こうぎょうぬし》の話に聞きいるが、写真が持ちだされると鉄格子から離《はな》れ、ワラにもぐりこんでため息をつく。これで観衆《かんしゅう》はひと安心。またぞろそばにやってきて、見物をする。

こうした場面を目にした人が、数年してあの頃《ころ》のことをふりかえると、みんな信じられない思いにかられた。というのも、そうこうするうちに状況《じょうきょう》が一変したからだ。しかもその変化は突如《とつじょ》おとずれた。きっと深いわけがあったはずだが、だれがそんなことを気にするだろう。

とにかくある日、それまで誉《ほ》めそやされてきた断食芸人が、娯楽《ごらく》に貪欲《どんよく》な大衆《たいしゅう》から見放された。大衆はほかの娯楽になだれを打ってしまった。興行主は、いまでも関心をもつ観衆がどこかにいるのではないかとヨーロッパ各地を巡業《じゅんぎょう》してみた。しかしすべて無駄骨《むだぼね》だった。みんな裏《うら》でこっそりもうしあわせたかのように、断食ショーはどこへ行っても白い目で見られるばかりだった。

むろん実際《じっさい》には、そんな突然《とつぜん》に変化するはずがない。あとになってみれば、それなりの前兆があった。けれども目先の成功に浮《う》かれ、それを見すごしてしまったのだ。いまさらなにをやっても手遅《ておく》れだ。そのうちまた断食の時代がやってくるだろう。しかしそういわれても、いま生活がかかっている者にはなんの慰《なぐさ》めにもならない。断食芸人はどうしたらいいのだろう。人気者だった彼《かれ》が、歳《とし》の市の見せ物小屋で芸を見せるのは沽券《こけん》にかかわる。といっても、職《しょく》を変えるには年をとりすぎていたし、なにより断食を天職《てんしょく》だと思っていた。長年の相棒《あいぼう》だった興行主と別れると、断食芸人は大きなサーカスに雇《やと》われることにした。ただし傷《きず》つきたくなかったので、契約内容《けいやくないよう》には目を通さなかった。

大きなサーカスは大所帯で、芸人も動物も道具類も出入りがはげしく、たえず補《ほ》充《じゅう》が必要だった。いつでも、だれでも使い道があり、断食芸人もその程度《ていど》にしか期待されていなかった。彼の場合は断食芸そのものよりも、むかしとった杵柄《きねづか》がものをいった。

だが彼《かれ》としては、年老いても衰《おとろ》えることのない芸だから、第一線をしりぞいた芸人としてサーカスに安住の地を求めたつもりはなかった。むしろその逆《ぎゃく》で、以前と変わらず断食《だんじき》してみせるとうそぶき、やり方をまかせてくれるなら、必ずや世間をあっといわせてみせると豪語《ごうご》した。しかし気持ちが空回りして時代の趨勢《すうせい》を見落としていた。芸人仲間からは失笑を買っただけだった。

そんな断食芸人だが、現実《げんじつ》が見えなかったわけでもない。いまさら檻《おり》に入っても、脚光《きゃっこう》をあびるスターになれるとは思っていなかった。だから動物小屋の近くの、人の往来《おうらい》がある通路に檻が置かれても文句《もんく》をいわなかった。派手《はで》な色の大きな看板《かんばん》が檻のまわりを飾《かざ》り、なにが見られるか書いてあった。

出しものの合間に、観客は動物を見ようと動物小屋に殺到《さっとう》する。いやでも断食芸人の前を通って、すこしのあいだそこに足を止めることになる。もし狭《せま》い通路にあとからどんどん人が押《お》し寄《よ》せてこなかったら、もうすこし長くとどまれたかもしれない。しかし遅《おく》れてきた連中には、動物小屋が目当てできたはずの人たちがなぜそこで足を止めるのかわからない。だからうしろからせっつかれ、ゆっくり鑑賞《かんしょう》することなどむりだった。

そのせいで、断食芸人は、自分の生き甲斐《がい》でもある待ちに待った観衆《かんしゅう》の訪《おとず》れを、逆に怖《こわ》がるようになってしまった。

はじめのうちはまだ休憩《きゅうけい》時間が待ち遠しかった。押し寄せる人たちを見て、わくわくしたほどだ。ところが、来る人、来る人、みんな動物見たさでやってくるだけだとすぐに思い知らされた——いくら自分に嘘《うそ》をついても、経験《けいけん》には勝てないということだ。それでも観衆の姿《すがた》が遠くに見えているうちはまだいい。そばまでやってくると、二派《は》にわかれて罵詈雑言《ばりぞうごん》をまき散らすからたまらない。

一方はのんびり彼を見物しようとする連中だ。じつは、こちらのほうが耐《た》えがたい。というのも、断食に理解《りかい》があるわけではなく、ただそのときの気分と、うしろの連中をじらしたい一心でぐずぐずしているだけだったからだ。

そしてもう一方の連中はどうかというと、こちらは端《はな》から動物小屋にしか興味《きょうみ》がない。この連中が通りすぎると、今度は出遅《でおく》れた人々《ひとびと》がやってくる。この人たちはその気になれば檻《おり》の前で立ち止まることもできるのに、休み時間内に動物を見ることしか頭になく、わき目もふらず大急ぎで通り過《す》ぎていく。

それでもときには家族づれに恵《めぐ》まれることもある。父親は断食芸人《だんじきげいにん》を指さして、ここでなにをしているのかくわしく説明をし、何年も前のことだが、おなじように檻に入っていても、いまとは比《くら》べものにならないほど見事な興行《こうぎょう》だったと懐《なつ》かしむ。子どもたちは学校でも家でも耳にしたことがなかったので、ちんぷんかんぷんだったが、じっと見つめるその日のかがやきは、断食芸に寛大《かんだい》な新時代の到来《とうらい》を予感させた。断食芸人はときどきこんなことをつぶやいた。

「動物小屋のそばでなければ、もうすこしましになるのではないかな」

こう近くては、人々が動物小屋を選んでしまうのもむりはない。そのうえ動物小屋はくさいし、動物は夜中に騒《さわ》ぐし、猛獣《もうじゅう》用の生肉が目の前を運ばれていくし、餌《えさ》にありつくと動物が吠《ほ》えるしで、断食芸人の心はさんざんに傷《きず》つき、気が滅入《めい》ってばかりいた。

それでいながら、サーカス団長《だんちょう》に苦情《くじょう》をいうことはなかった。ここに立ちよるたくさんの人のなかに、たまには断食芸に夢中《むちゅう》になる人もいるので、動物さまざまなところもある。それに、あまり目立つと、動物小屋への通路の障害《しょうがい》になっていると気づかれて、どこへ移動《いどう》させられるかわかったものではない。

障害物《しょうがいぶつ》といっても、ささやかなものだ。どんどん人目につかなくなっていく障害物。いまどき断食芸を見てもらおうとするなど常識《じょうしき》はずれもいいところだが、そんな常識はずれなことにも人は慣《な》れていく。そして慣れとは恐《おそ》ろしい。

ついに断食芸人に最終判決《はんけつ》がくだった。彼《かれ》はできるかぎりうまく断食をしようとし、事実そうしたが、もう手のほどこしようがなかった。みんな、彼の前を素通《すどお》りしてしまうのだ。断食芸人はこの際《さい》だから断食芸の説明をしてみようと思いたった。しかしなにも感じない人に、頭で理解《りかい》してもらおうとしてもむりだ。

美しかった看板《かんばん》は薄《うす》よごれ、文字が読めなくなった。そのうち、看板は取りはずされ、だれも貼《は》り替《か》えようとしなかった。断食《だんじき》達成日数をかかげる表示板《ひょうじばん》も、はじめのうちは毎日更新《こうしん》されていたが、こんな簡単《かんたん》な仕事なのに、係の者がものの数週間で飽《あ》きてしまい、ずっとおなじ数字のままになった。

断食芸人はかつて夢見《ゆめみ》たとおり断食をつづけた。なんの苦もなくやってのけたのに、それがどんな偉業《いぎょう》かだれにもわかってもらえず、断食芸人本人までその意義《いぎ》がわからなくなっていった。こうなると、ふと立ち止まって、古いままの数字を見てからかい、ペテンだとうそぶく輩《やから》もあらわれる。まったくとんでもないデマだ。無関心と、生まれついての悪意のなせる業。断食芸人はいんちきなどしていない。誠《せい》心誠意《しんせいい》働いているのに、報《むく》われることはついになかった。

それからまた多くの日数がたち、さすがに終わりの日がやってきた。ある日、断食芸人の檻《おり》がサーカスの監督《かんとく》の目にとまった。監督は、まだちゃんと使える檻がどうして腐《くさ》ったワラをしいたまま放置してあるのだ、と作業員たちにたずねた。だれにも覚えがなかったが、ひとりが日数を示《しめ》す数字に気づいて断食芸人のことを思いだした。棒《ぼう》でワラをかきまわすと、たしかに断食芸人がいた。

「まだ断食しているのか？」監督はたずねた。「いったいいつになったらやめるんだ？」

「このままやらせてください」断食芸人はささやいた。

彼《かれ》のいっていることは、檻に耳を近づけていた監督にしかわからなかった。

「かまわんよ」そういうと、監督は指を額《ひたい》にあてて、断食芸人はいかれたようだと作業員たちに伝えた。「好きにするがいい」

「断食をしてあっぱれといわれたかったんです」断食芸人はいった。

「あっぱれだと思っているとも」監督が答えた。

「しかし、あっぱれといわれても、これでは」

「そうかね。では、あっぱれというのはやめよう。だが、なんであっぱれではないんだ？」

「わたしは断食《だんじき》するしかなかったのです。こうするしかなかったんですよ」

「そうなのか。それで、こうするしかなかったというのはどういうことだね？」

「それはですね」断食芸人は小さな頭をすこしもたげて、口づけをするように唇《くちびる》をとがらせると、監督《かんとく》がなにひとつ聞きもらさないように、耳元に話しかけた。

「口に合う食べものが見つからなかったからです。見つかっていれば、こんなことなどせず、たらふく食べていたでしょう。みなさんとおなじように」

それが、さいごのことばだった。光を失っていくその目には、もはや誇《ほこ》らしさはないものの、断食を断固《だんこ》つづけるという信念がいまだに宿っていた。

「ようし、片《かた》づけろ！」監督はいった。

断食芸人はワラもろとも葬《ほうむ》られた。

檻《おり》には一頭の若《わか》いヒョウが入れられた。長いこと放置された檻のなかをこの猛獣《もうじゅう》がはねまわるさまは、どんなに鈍感《どんかん》な者にもじつにいい気晴らしになった。ヒョウは何不自由なかった。飼育係《しいくがかり》が口に合う餌《えさ》をせっせと運んできてくれる。自由がないことなどへでもないようだ。なに不足ないその高貴《こうき》な姿《すがた》は、自由まで身に帯びているようだった。どうやら自由を牙《きば》でくわえて隠《かく》しもっているらしい。そして生きるよろこびが烈火《れっか》のごとく口からはきだされる。その熱気には見物人もなかなか耐《た》えられるものではない。それでもめげず、みんな、檻にむらがり、その場を立ち去ろうとしなかった。

ハゲタカ

Der Geier

ハゲタカの奴《やつ》め、さっきからぼくの両足をつついている。ブーツも、靴下《くつした》もすでにやぶかれ、とうとう足までもつつかれるありさまだ。ハゲタカはくりかえし襲《おそ》ってきては、ぼくのまわりを何度かせわしなく飛びまわり、またぞろつつきはじめる。そこへひとりの紳士《しんし》が通りかかった。しばらくようすを見ていて、なんでハゲタカにやられっぱなしになっているんだね、とたずねた。

「どうにもならないんです」ぼくはいった。「どこからともなくやってきて、つつきはじめたんです。もちろん追いはらおうとしました。首をしめてやろうとしたこともあります。でも、こいつはとっても力があるんです。こいつが顔に襲いかかってきましてね。それなら足を犠牲《ぎせい》にするほうがいいかなって。ほとんど食いちぎられてしまったので、いまさらですし」

「よくまあ我慢《がまん》できるものだ」紳士はいった。「鉄砲《てっぽう》の弾《たま》を一発おみまいすれば、ハゲタカなんていちころなのに」

「なるほど。それじゃ、鉄砲をくれませんか?」

「いいとも。家に帰って、もってこよう。三十分待ってくれないか?」

「三十分も待てるかどうかわかりません」ぼくは、あまりの痛《いた》さに、しばらく体をこわばらせてからいった。「どうかおねがいします。とにかく持ってきてください」

「わかった。善《ぜん》は急げだ」

ぼくたちが話しているあいだ、ハゲタカはぼくと紳士を交互《こうご》に見ながらじっと耳をかたむけていた。どうやら事情《じじょう》を察したようだ。ぱっと舞《ま》いあがると、いきおいをつけるため、大きく頭をそらし、兵士がやりを投げつけるように、くちばしをぼくの口深くつきたてた。

ぼくは仰向《あおむ》けにたおれながら、ざまあみろと思った。のどの奥《おく》からあふれだした血がみるみるあたりにあふれ、ハゲタカの奴、もがきくるしみながらおぼれ死んだのさ。

ある学《がっ》会《かい》報《ほう》告《こく》

Ein Bericht für eine Akademie

学会の先生方！

この学会にてサルでありし日の報告《ほうこく》をするようおおせつかりました。光栄のいたりであります。

ところが、あいにくご期待にそえないかもしれません。サル道より訣別《けっぺつ》してほぼ五年。暦《こよみ》で見ればわずかな期間でありますが、その時間をかけぬけてきた者にとっては、途方《とほう》もなく長い年月でありました。ときには立派《りっぱ》な方々《かたがた》に伴走《ばんそう》してもらい、忠告《ちゅうこく》や声援《せいえん》やオーケストラの伴奏《ばんそう》に支《ささ》えられたこともあります。しかし基本的《きほんてき》には、ひとりぼっちでした。というのも、そうした支えは、いうなればかゆいところに手がとどかないのとおなじだったのです。

小生がみずからの生まれや若《わか》い頃《ころ》の思い出にこだわっていたら、とても人間にはなれなかったでありましょう。あらゆるこだわりを捨《す》てること。それが自分に課した最優先事項《さいゆうせんじこう》でした。自由なサルであった小生は、自分にあえてそういう枷《かせ》をかけたのです。おかげでサル時代の記憶《きおく》はみるみる消えてなくなりました。

はじめのうち、あちらとこちらをつなぐ門は、天と地のひらきに匹敵《ひってき》する大きさだったので、人間からサルにもどることも思いのままでした。しかし、自分をムチ打つように進歩をつづけるうちに、その門はしだいに低く、狭《せま》くなっていきました。そのうち人間の世界にいるほうが居心地《いごこち》がよく、人間の一員になった気がしたのです。過去《かこ》から吹《ふ》いてくる嵐《あらし》はすっかりおさまり、いまではかかとを冷やすすきま風くらいにしか思えません。風が抜《ぬ》けてくる穴《あな》、むかし小生が通ってきたその穴は、かなたに遠ざかってしまい、もどろうという気力がわいても、通りぬけられないほど小さくなりました。むりに通れば、皮がすりきれることでしょう。

じつをいいますと。ええと、この手のことをいうときはことばに気をつけたいのですが、でも率直《そっちょく》に申しあげましょう。先生方もそういう道をたどられたわけで、みなさんのサル道も、その点では小生と大差ないわけであります。大地を踏《ふ》みしめれば、だれのかかとだってむずむずします。名もなきチンパンジーも、偉大《いだい》な英雄《えいゆう》アキレスもおなじというわけです。

それでも、話の内容《ないよう》しだいでは、先生方の質問《しつもん》に答えられるかもしれません。喜んでお答えしましょう。いの一番に学んだのは、あくしゅでした。あくしゅは心をひらいている証《あかし》といえます。キャリアの頂点《ちょうてん》をきわめたいまだからこそ、はじめてあくしゅしたときのことについて歯に衣着せず申しあげます。こちらの学会にとっては、とくに新しいことではないでしょうし、期待はずれでしょう。しかしどうがんばってみても、これしか話せないのです。

それでは、元サルが人間の世界に入り、どうやって活路を見いだしたかお伝えしましょう。ささやかな報告《ほうこく》ですが、これも小生が自信をもち、文明社会にあるすべてのすぐれた演芸場《えんげいじょう》でゆるぎない地位を確保《かくほ》しなかったら、はずかしくてお話しできないことです。

小生、アフリカは黄金海岸の生まれです。いかにして捕《つか》まったかは、ほかに報告がありますので、それにゆずりましょう。ようはハーゲンベック商会の狩猟探検隊《しゅりょうたんけんたい》の待ち伏《ぶ》せにあったのです。しかしあれから隊長とは、上等な赤ワインを何本もあける間柄《あいだがら》です。

とにかく、その日の夕方、小生が仲間の群《む》れといっしょに水飲み場にやってきたとき、探検隊が茂《しげ》みのなかにいて、銃声《じゅうせい》をとどろかせたのです。命中したのは小生だけでした。弾《たま》が二発もあたりました。

一発目はほおをかすり、大きな赤い傷《きず》をのこしました。おかげで『赤面《せきめん》のペーター』なる、まさに赤面ものの、まったくもって的はずれなあだ名をつけられてしまいました。まったくサル知恵《ぢえ》というほかありません。これではつい最近あの世へ行った曲芸ザルのペーターと同類です。ちがうのは、ほおの赤い傷だけ。話をもどしましょう。

二発目は腰《こし》にあたりました。こちらは重傷《じゅうしょう》で、そのせいでいまも、すこし足を引きずっています。

新聞で小生をこきおろす軽佻浮薄《けいちょうふはく》な人がごまんといますね。最近も、とある記事が目にとまりました。いわく、小生のサル根性《こんじょう》はいまだ根絶《こんぜつ》されていない。それが証拠《しょうこ》に来客があると、すぐズボンを脱《ぬ》いで銃弾《じゅうだん》のあとを見せたがる、というのです。こういう輩《やから》は、利き手の指をぜんぶ鉄砲《てっぽう》で吹《ふ》き飛ばしてやればいいのです。小生だって、見さかいなくズボンをぬぐわけではありません。それに、どうせ見えるのは、手入れした被毛《ひもう》と傷痕《きずあと》だけですし。ここではあえて、あのけしからん銃撃《じゅうげき》の傷痕と呼《よ》びますが、どうか誤解《ごかい》なきよう願います。

すべては白日の下にさらされるもの。隠《かく》しごとはよくありません。真実を見きわめるには、美辞麗句《びじれいく》などやめるべきでしょう。心の大きな方ならきっとそうします。逆《ぎゃく》に、さきほど申しあげた記事を書いた人物が客の前でズボンを脱いだら、面目を失うでしょう。そうしないことこそ、その人物にとって分別のある証《あかし》だと申しあげたい。そんなに繊細《せんさい》な心の持ち主なら、小生をわずらわすこともやめていただきたいものです！

さて、銃撃されたあとのことです。このあたりからしだいに記憶《きおく》にのこっているのですが、小生は、ハーゲンベック商会の汽船の中甲板《ちゅうかんぱん》に置かれた檻《おり》のなかで目をさましました。四方に格子《こうし》がついた檻でなく、格子が組まれているのは三面だけで、四つ目の壁《かべ》は木箱でできていました。天井《てんじょう》が低くて、立つこともままならず、狭《せま》くて寝《ね》そべることもできませんでした。ですから、小生はずっとふるえっぱなしのひざを抱《かか》えてしゃがんでいました。はじめのうち、だれとも顔を合わせたくなく、暗がりにいたかったので、木箱のほうを向いていました。そのうち格子が肉に食いこんできました。野生動物ははじめにこういうところに閉《と》じこめたほうがいいといわれていますね。自分の経験《けいけん》からも否定《ひてい》はしません。人間にとってはたしかに都合がいいです。

しかし、そのときはそんなふうには思いませんでした。生まれてはじめて行き場を失いました。すくなくとも、まっすぐ進むことはできませんでした。木箱が立ちふさがっていたのです。木箱ですから板がびっしりとはってあります。もちろんすき間はあります。そのすき間を見つけたときは、むしょうにうれしくて、われを忘《わす》れて泣きました。しかしそのすき間たるや狭《せま》くて、尻尾《しっぽ》をさしこむこともできず、サルの力をふりしぼっても広げるのはむりでした。

あとで聞いたことですが、小生はほとんど音をださなかったそうです。そこで、すぐに死んでしまうか、さいしょの危機《きき》を乗りこえれば、とても調教しやすいサルになるかどちらかだろうとみなされました。小生は生きのびました。さめざめと泣き、苦しい姿勢《しせい》でノミを探《さが》し、気怠《けだる》そうにココナッツをなめ、頭を木箱にぶつけ、だれかが近くにやってくると、舌《した》をだしました。新しい暮《く》らしでさいしょにやったことといえば、こんなものでした。しかしいつも感じていたのは、行き場がないということでした。もちろんサルの身で当時感じたことをお伝えするにも、人間のことばしか使えませんので、ことばが足りないかもしれません。いまではサルの本音がわからなくなっていますが、大筋《おおすじ》ではまちがっていないはずです。それは疑《うたが》いのないところであります。

小生は檻《おり》に入れられるまでどこへ行こうと自由でした。それが失われたのです。がんじがらめでした。だからといって、たとえくぎづけにされても、しばられたくないという気持ちがしぼむことはありませんでした。なぜでしょうか？　足指のあいだの肉をひっかいても、理由はわかりません。ふたつに裂《さ》けよとばかり、尻《しり》を格《こう》子《し》に押《お》しつけても、合点がいかなかったでしょう。小生には、活路が見いだせなかったのです。しかし活路を見いだすことは必要でした。なぜなら見いだせなければ生きていけないからです。ずっと木箱にはりついていたら――きっと息絶《た》えていたでしょう。しかしハーゲンベック商会では、サルの居場所《いばしょ》はその木箱の壁《かべ》と決まっていました。――だったら、サルをやめればいいと発想したわけです。明晰《めいせき》で美しい発想というほかありません。小生はそれを腹《はら》からひねりだしました。サルは腹で考えるからです。

ところで、活路ということばでわたしが考えていることが、先生方にはおわかりいただけるでしょうか。若干《じゃっかん》、懸念《けねん》をおぼえます。小生はこのことばをごく普通《ふつう》の意味で使っています。あえて自由とはいいません。自由を縦横《じゅうおう》にあじわったときのすばらしい感覚とはちがうからです。サルのときは、それを知っていたかもしれません。小生は自由にあこがれる人間と知り合いになりました。しかし小生としては、当時もいまも自由を欲《ほっ》してはいません。ついでに申しあげますと、人間は自由をはきちがえていることが多いといえます。自由になるのは、すばらしい気持ちです。しかし自由をはきちがえたときも、すばらしい気持ちにはなれるものです。演芸場《えんげいじょう》で自分の出番がくるまえに、ふた組の軽業師《かるわざし》による空中ブランコの曲芸を見ました。ブランコに飛びのって、大きくゆらし、ジャンプして、相方の腕《うで》にぶらさがったり、髪《かみ》の毛をつかんでぶらさげたりするわけです。

「人間は自由だからいいけど。よくやるなあ！」小生はそう思いました。

神聖《しんせい》な自然をばかにしているじゃありませんか！　これを見たら、サルに大笑いされることまちがいなしです。

自由なんて欲《ほ》しくないですね。活路が見いだせれば結構《けっこう》。右でも、左でも、いや、どこでもいいです。活路が見いだせたと思うのが錯覚《さっかく》だったとしても、かまいはしません。求めるものが小さければ、錯覚も小さいはずです。ひたすら進むのみ！ 木箱に押《お》しつけられて、ばんざいするなんてごめんです！

いまならはっきりわかります。あそこから抜《ぬ》けだせたのは、安らぎがあってこそだったのです。じっさい小生のいまがあるのは、船で数日すごして気持ちが安らいだおかげです。そして安らぎをえたのは、船乗りたちのおかげでした。

いろいろありましたが、まあいい人たちでした。うとうとしていたときに聞いたあの人たちの重い足音。思いだすと懐《なつ》かしい気持ちになります。あの人たちはなににつけのんびりしていました。目をこするにも、手を重りのように上げるのです。あの人たちが飛ばした冗談《じょうだん》はがさつでしたが、心がこもっていました。笑うといつもひどく咳込《せきこ》みました。でもじっさいには、なんということのない咳でしたけど。それにいつも口からつばを飛ばしていました。それもところかまわず。小生のノミが移《うつ》ると文句《もんく》をいわれたこともありましたが、ひどい目にはあいませんでした。ノミがわたしの被毛《ひもう》で育つことも、ノミがよく跳《は》ねることも、あの人たちは知っていて、しかたないと思っていたからです。

非番《ひばん》のとき、あの人たちは小生を囲んですわることもありました。とくに話をするでもなく、のどを鳴らしました。木箱の上にねそべってパイプを吹《ふ》かすこともありました。小生がすこしでも動くと、ひざをたたき、杖《つえ》をもってきて小生をくすぐる者もいました。あれは気持ちよかったです。いま、ああいう船旅に誘《さそ》われたら、お断《ことわ》りするでしょう。でも、あの中甲板《ちゅうかんぱん》ですごした日々《ひび》は、本当に、いやな思い出だけではありませんでした。

あの人たちに囲まれて緊張《きんちょう》がゆるんだ小生は、逃《に》げる気がうせました。いまから思えば、生きのびるつもりなら活路を見いだす必要があるが、逃げてもむだだと、はなから気づいていたようです。逃げだすことができたかどうか、いまとなってはわかりません。たぶん逃げられはしたでしょう。サルなら逃げられたという思いはあります。人間になってからクルミの殻《から》を割《わ》るのはちゅうちょしますが、サルのときなら、時間をかければ扉《とびら》の錠前《じょうまえ》だってかみきることができたと思うのです。

しかし実行には移しませんでした。そんなことをしたら、どんな目にあっていたでしょう？　檻《おり》から頭をだしただけで、すぐにつかまり、もっとひどい檻に入れられたにちがいありません。あるいは、ほかの動物の檻にうっかり迷《まよ》いこんでしまったかもしれません。大蛇《だいじゃ》のところに逃げこんだりしたら、ぐるぐる巻《ま》きにされて、一巻《いっかん》の終わりだったでしょう。甲板に逃げだして、海に飛びこむことに成功しても、しばらく大海原にたゆたってからおぼれ死んだことでしょう。むだなあがきです。小生は人間のように計算高くはありませんでしたが、まわりに合わせるうち、結果として計算高いふるまいをしたわけです。

小生はけっして計算はしませんでしたが、冷静に観察することはしました。船乗りたちは行ったり来たりしました。いつもおなじ顔ぶれ、おなじ動きでした。ひょっとしたらおなじ人ではないかと思ったほどです。ひとりか、複数《ふくすう》かはともかく、この人たちは無頓着《むとんちゃく》でした。そのうち高邁《こうまい》な目標が小生の心に浮《う》かびました。べつにこちらが彼《かれ》らとおなじになれば、檻《おり》を開けてくれると、だれかが約束してくれたわけではありません。約束したって、そんなことは実現不可能《じつげんふかのう》に思われましたし。でも実現させてしまえば、それまで交わされていなかった約束が遅《おく》ればせながら形をなすでしょう。とはいえ、船乗りたちには、仲間になりたいと思えるほどの魅力《みりょく》を感じませんでした。小生がさきほど述《の》べた自由の信奉者《しんぽうしゃ》であったなら、大海原に活路を求めたでしょう。そこにいた人たちは覇気《はき》のない目をしていましたから。しかしそういうことを思いつく前に、小生は長いことその人たちを観察していました。その観察の甲斐《かい》あって、やるべきことが決まったのです。

人まねはじつに簡単《かんたん》でした。つばをはくことは、はじめからできました。お互《たが》いの顔につばをはきかけました。ただ、ちがったのは、かけられたつばを小生がなめてきれいにしたのに、あの人たちはそうしなかったことです。やがて小生はふんぞりかえってパイプをくゆらすようになりました。パイプの火皿に親指までのせたものですから、中甲板に歓声があがりました。しかし火皿に煙草がつまってない場合とつまっている場合でなにがちがうか、長いことわからないままでした。

しかしなによりやっかいだったのは酒ですね。あのにおいには辟易《へきえき》しました。必死にがまんして、飲めるようになるまで何週間もかかりました。おもしろいことに、船乗りたちは小生の心の葛藤《かっとう》をほかのなによりも心配してくれました。記憶《きおく》のなかの船乗りはまったく区別がつかないのですが、ひとりだけ、よくやってくる人がいました。ひとりだけのときもあれば、仲間を連れているときもありました。昼も夜も、それこそいろんな時間にやってきました。小生のまえにビンを置いて、レッスンをつけてくれたこともあります。その船乗りは小生のことがわからず、小生という存在《そんざい》の謎《なぞ》を解《と》きあかしたかったのです。ビンのコルクをゆっくり抜《ぬ》くと、こちらを見て、理解《りかい》したかどうかたしかめました。じつは小生も、目を皿のようにし、燃《も》えるまなざしでその船乗りを見ました。世界広しといえど、このような人間の生徒に、人間の先生が出会うことはないでしょう。コルクを抜くと、船乗りはビンを口にもっていきました。ぐびぐび飲むところも、小生はしっかり見ました。船乗りは小生に満足してうなずき、ビンに口をつけました。そういうことかとわかってうれしくなり、小生はキーキーいいながら、体じゅうをかきむしりました。船乗りはよろこんで、ビンをくわえてぐいっとひと口飲みました。小生はむしょうにまねがしてみたくなり、檻《おり》のなかで粗相《そそう》をしてしまいました。それがまた受けまして、船乗りはビンをぐっと前につきだして乾杯《かんぱい》というしぐさをすると、ことさら教師《きょうし》ぶってふんぞりかえりながら、一気飲みしてみせたのです。小生は精《せい》も根もつきはててついていけず、檻にしがみつきました。すると船乗りは、これで講義《こうぎ》は終えたといわんばかりに腹《はら》をなで、にやっと笑いました。

さて、ここから演習《えんしゅう》のはじまりです。講義ですでに疲《つか》れはてたのではないかとお思いでしょう。たしかにくたくたでした。それが定めなのでしかたありません。ビンがさしだされると、ふるえる手でコルクを抜《ぬ》きました。それがうまくいくと、じわじわと新たな力がわいてきました。小生は教えられたとおりにビンをもちあげ、口につけたわけです――そのとたん、うえっとなってしまいました。空っぽでしたが、においがすごかったのです。ぞっとして甲板《かんぱん》にビンを投げすてました。先生はがっかりしました。いや、こちらこそがっかりしたといったほうがいいでしょう。ビンを投げたあと、腹をさすってにやりと笑ってみせましたが、先生もこちらも気を取りなおすことができませんでした。

授業《じゅぎょう》はたいていこんな調子でした。先生の名誉《めいよ》のために申しあげておきますが、あの方はけっして腹を立てることはありませんでした。もちろん、ときには小生の手のとどかないところの被毛《ひもう》がくすぶりだすまで火のついたパイプを押《お》しあてることがありました。しかし燃《も》えだすと、大きなやさしい手でちゃんと消してくれました。小生に腹を立ててはいなかったのです。ふたりしてサル根性《こんじょう》と戦っているといっても、小生のほうが荷が重いことを先生はちゃんとわかっていましたから。

それでもある日の晩《ばん》、勝利のときが訪《おとず》れました。なにかの宴会《えんかい》で、蓄音機《ちくおんき》がかかり、士官どのもひとりいっしょにいました。おおぜいの目の前、小生は置き忘《わす》れたビンをこっそり手にとり、衆人環視《しゅうじんかんし》のなか、学んだとおりにコルクを抜《ぬ》いて、口へもっていき、ためらうことなく、口をへの字にすることもなく、酒飲み然として目をむいて、ぐびぐびとのどを鳴らして飲みほしたのです。それからビンを投げすてました。もちろんやけをおこしてではなく、受けをねらってです。腹《はら》をさするのはうっかり忘《わす》れましたが、気分が高揚《こうよう》し、あっと思ったときには、あっさり「ハロー！」とさけんでいました。人間の声でした。その声とともに、船乗りたちの仲間入りをはたしたのです。すると「おい、聞いたか、こいつ、人間のことばをしゃべったぞ！」という声が返ってきました。汗《あせ》だくになった小生の体は、さながらキスを浴びているようでした。

かさねて申しあげますが、人まねに魅力《みりょく》を感じたわけではありません。活路を見いだしたい一心だったのです。それ以外に理由はありませんでした。いま話した勝利もたいしたことではありませんでした。すぐに声がでなくなりましたし。ふたたび人間のことばがいえるようになったのは、何ヶ月もたってからです。そのあいだに酒嫌《ぎら》いは輪をかけてひどくなりました。しかし小生の進むべき道は、これで定まりました。

ハンブルクでさいしょの調教師《ちょうきょうし》に引きわたされたとき、ふたつの選択肢《せんたくし》があることに気づきました。動物園か演芸場《えんげいじょう》です。迷《まよ》いはなかったですね。なんとしても演芸場に行くぞ、と自分にいいきかせました。そここそがおまえの行く場所だ、動物園へ行けば、新たな檻《おり》が待っているだけ、万事休すだ、と。

そして小生は学んだのです、みなさん！　必要にせまられれば、学ぶものです。活路を見いだしたければ、学ぶものでしょう。それこそ、がむしゃらに学びました。自分にムチ打ったほどです。すこしでもなまけ心が芽生えれば、自分を責《せ》めさいなみました。サル根性《こんじょう》が、脱兎《だっと》のごとく小生から逃《に》げだしました。つきあってくれたさいしょの先生など、自分のほうがサルのようになり、授業《じゅぎょう》にならなくなって、とうとう精神科《せいしんか》病院に放りこまれてしまいました。さいわいなことに、先生はすぐに退院《たいいん》しましたが。

それにしても、たくさんの先生の世話になりました。一度に何人もの先生についたこともあります。自分の能力《のうりょく》に自信をもつようになり、世間が小生の進歩に注目して、かがやける未来がひらけると、小生は自分で先生を選びました。となりあわせの部屋五つにひとりずつ待機してもらって、部屋をわたり歩きながら、五人から同時に教わったりもしました。

めざましい進歩だったといえます！　覚醒《かくせい》した脳《のう》に、あらゆる方面から知の光がさしたわけです！　嘘偽《うそいつわ》りなく、小生は幸福でした。しかしそれでも、思いあがることはありませんでした。あのときもそうでしたし、いまもってその気持ちに変わりはありません。だれにもまねできないほどの努力を積み重ねて、とうとうヨーロッパ人の標準的《ひょうじゅんてき》な素養《そよう》を身につけました。そのくらいではたいしたことではないかもしれません。しかし檻《おり》から解《と》き放たれ、人間になるという特別な活路を見いだしたことは、それなりの成果だったといえます。ドイツ語にちょうどいい言い回しがありますね。「やぶにまぎれる」。「姿《すがた》をくらます」という意味です。小生はそれを実行し、やぶならぬ、人込《ひとご》みにまぎれたわけです。これしか道はありませんでした。自由を選ぶことはできないという前提《ぜんてい》がありましたから。

さて、これまでの経過《けいか》と到達点《とうたつてん》を概観《がいかん》しますと、不平はありませんが、納得《なっとく》はしていません。ズボンのポケットに手をつっこみ、ワインのビンを机《つくえ》に置き、ゆり椅《い》子《す》に横になるでもなく、しっかりすわるでもない恰好《かっこう》でゆられながら、窓《まど》の外をながめる。お客が来れば、それなりにおつきあいします。控《ひか》え室に付き人がいて、鐘《かね》を鳴らすと、やってきて、小生のいう通りにしてくれます。日が暮《く》れると、たいてい公演《こうえん》があり、これ以上ない成功をおさめます。夜遅《よるおそ》く宴会《えんかい》や学会の集まりや楽しいパーティーから帰宅《きたく》すると、調教途中《とちゅう》のかわいいメスのチンパンジーが待っています。小生はサルの流儀《りゅうぎ》でそのメスと楽しみにふけります。ただし日中は、メスを見たくもありません。調教されて錯乱《さくらん》した動物の目をしているからです。それがわかるのは小生だけです。そしてそれが耐《た》えられないのです。

だいたいのところ、望んだことは達成しました。努力する価値《かち》などなかったとは、どうかおっしゃらないでください。そもそも人から評価《ひょうか》を受けたいとは思っていません。ただ知見を広めたいだけで、それを報告《ほうこく》しているにすぎません。学会のお偉《えら》い先生方、これにてみなさんへの報告を終わります。

掟《おきて》の前

Vor dem Gesetz

掟《おきて》の前に門番が立っている。その門番のところへ、ひとりの田舎者《いなかもの》がやってきて、なかに入れてくれとたのんだ。門番はいった。

「いまは入れるわけにいかないな」

男は考えてたずねた。

「あとで入れてくれますか」

「ああ、いいとも。だがいまはだめだ」

掟の門はいつもどおりあいていて、門番はわきにどいた。男は身をのりだして、門のなかをのぞいた。それを見て、門番が笑った。

「そんなに入りたいのなら、おれにかまわず、入ったらいいではないか。だがいいか。おれは強いぞ。門番のなかでも一番の下っ端《ぱ》だがな。広間を通るたびに門番がいて、どんどん強くなっていく。三人目の門番など、おれでも見ただけで腰《こし》を抜《ぬ》かすほどだ」

田舎者は、これはやっかいだぞと思った。掟の門はいつでもみんなにひらかれているはずなのに。

男は毛皮の外とうを着た門番をまじまじと見た。とがった大きな鼻、ひょろっとした長い韃靼《だったん》風の黒ひげ。男は入るゆるしがもらえるまで待つことにした。門番は男に小さな腰掛《こしか》けを与《あた》えて、門のわきにすわっているようにいった。男はそこに何日も、いや、何年もすわりつづけた。ゆるしをもらうため、八方手をつくし、門番にうるさがられるほど頼《たの》みこんだ。門番は何度か話をきいてくれることがあった。故郷《こきょう》のことなどいろいろきいてきたが、えらい人がするような形ばかりの質問《しつもん》だった。そしてけっきょくいつも、まだ入れてやるわけにはいかないといった。

男はこの旅でたくさんのものを携《たずさ》えていた。それも使ってみた。これだけ高価《こうか》なものをさしだせば、門番も目をつむってくれるだろうと期待して。

門番はすべてふところに入れたが、返事はいつもこうだった。

「こうやって受けとれば、やるだけのことはやったと思えるだろう」

何年ものあいだ、男は門番からほとんど目を放すことがなかった。ほかにも門番がいることを忘《わす》れ、この第一の門番が掟《おきて》に入るのをじゃまする唯一《ゆいいつ》の障壁《しょうへき》だと思うようになった。なんてついてないんだと男は嘆《なげ》いた。さいしょの数年は見境《みさかい》なく大きな声で。だが年をとると、ぶつぶつつぶやくようになった。男は子どもっぽくなった。長年、門番を観察するうち毛皮のえりに巣くったノミに気づくと、どうか助けてくれ、門番を説得してくれ、とそのノミにまで頼《たの》んだ。

そのうち視力《しりょく》が落ち、まわりが本当に暗くなったのか、自分の目にだけそう見えるのかわからなくなった。すると今度は、暗がりのなかにかがやくものが見えた。掟の門からもれだすそのかがやきだけは消えなかった。とうとう人生の終わりが近づいた。命つきる直前、男は頭のなかにこれまでの人生でたくわえたすべての経験《けいけん》を結集し、まだ門番にしたことのない質問《しつもん》をすることにした。もはや体がいうことをきかなかったので、門番を手招《てまね》きした。門番はかがみこんだ。男にはかわいそうだが、ふたりの大きさはそれほどにちがってしまったのだ。

「まだなにか知りたいのか?」門番はたずねた。「しつこい奴《やつ》だ」

「みんな、掟を求めてやまないのに。何年ものあいだわたし以外のだれも入るゆるしを求めなかったのはなぜですか?」

男のさいごが来たとわかった門番は、その消え入ろうとする耳にも聞こえよとばかり、声をはりあげた。

「この門に入るゆるしがえられるのは、おまえ以外にいなかった。この門はおまえのためと定められていたんだ。さあ、おれはもう行く。門を閉《と》じる」

訳者あとがき

フランツ・カフカは百年ほど前に生きていた作家です。一八八三年にチェコのプラハに生まれ、一九二四年、ウィーン近郊《きんこう》のサナトリウムで世を去りました。生きている間に発表したのは作品集や短編《たんぺん》・中編《ちゅうへん》が七冊《さつ》だけ。長編《ちょうへん》も知られていますが、すべて未完です。それでも読みつがれている不思議な作家です。その魅力《みりょく》はなんでしょう。カフカの作品は不条理《ふじょうり》な文学として知られています。不条理というのは、日頃規範《ひごろきはん》にしている道理が通らないことを意味します。生きづらい不条理のその先には「絶望《ぜつぼう》」という言葉がちらつきますが、あまりに絶望的だと笑うしかなくなるときがありませんか。カフカはそういうつきぬけ方をした作家といえます。

本書は、生前発表した作品が九編《へん》、没後《ぼつご》、マックス・ブロートという友人が発表した作品が五編、ほか一編《ぺん》の遺稿《いこう》となっています。遺稿については、カフカ自身は作品を書きつけた手帳を焼きすてるよう遺言《ゆいごん》をのこしたのに、ブロートが意に反して発表したという経緯《けいい》があります。そしてブロートが発表した作品には改変箇所《かしょ》があったり、無題にタイトルがつけられたりしたケースがあります。「出発」「橋」などタイトルはブロートがつけたものを踏襲《とうしゅう》しましたが、本文はカフカの手稿《しゅこう》に忠実《ちゅうじつ》な新校訂版《こうていばん》全集を底本にしました。

短編の選択《せんたく》と配列は、カフカ特有のテーマをいくつか想定し、その前後を読むことで、そのテーマがそこはかとなく浮《う》かぶように考えたつもりです。

一番重視《じゅうし》したテーマは「旅」です。旅は人生のたとえによく使われますが、今回選んだ「旅」は、「出発」にはじまり、「掟《おきて》の前」でおわる人生の物語です。それと同時に、カフカにとって「旅」は「書くこと」そのものだったといえます。旅の目的地ではなく、旅にでること自体が大事だとする「出発」は、「判決《はんけつ》」の主人公が書いたままださずに終わる手紙にも通じるでしょう。皇帝《こうてい》のメッセージがいっこうにとどかない「皇帝の使者」、馬車に乗せられて、あてもなく消えていく「田舎《いなか》医者」もその典型。カフカの作品には長編《ちょうへん》小説をはじめ未完が多いものの、書きだすときの熱量が大きいのは、書きたいという衝動《しょうどう》の大きさゆえです。

カフカの「旅」が未完で終わることが多いのは、旅の途上《とじょう》、異《こと》なる価値観《かちかん》の板挟《いたばさ》みにあうからです。父との軋轢《あつれき》から生まれる人生観や、キリスト教世界のヨーロッパでユダヤ人として生きるがゆえの世界観など、カフカが実人生で体験した矛盾《むじゅん》が背景《はいけい》にあるようです。おなじ独楽《こま》を見つめる子どもと学者のまなざしのずれや、「ある学会報告《がっかいほうこく》」の人間となったサルの体験談もそこから生まれた風刺《ふうし》ですし、新任《しんにん》司令官と将校《しょうこう》の価値観のちがいに流刑地《るけいち》からほうほうの体で逃《に》げだす旅行者の思いもカフカのものと重なるでしょう。ヒツジとネコの相反する特性《とくせい》が同居《どうきょ》する「雑種《ざっしゅ》」に面食らう「ぼく」もしかり。ときには茫然《ぼうぜん》自失《じしつ》し、ときには苦笑いするしかない、そんな読後感がカフカ文学のおもしろさです。どうぞお楽しみください。

二〇一八年七月

酒寄進一

｜作者｜

フランツ・カフカ

Franz Kafka

1883年、当時オーストリア＝ハンガリー帝国領・プラハのユダヤ人の商家に生まれる。プラハ大学で法学を学んだのち、労働者災害保険協会に勤めながら執筆活動を行う。生前は『変身』など、数作品が知られるほどだったが、死後『審判』『城』『アメリカ』などで注目を集め国際的に名声が高まる。現代実存主義文学の先駆者といわれ、第二次世界大戦後の文学に大きな影響を及ぼす。1924年没。

｜訳者｜

酒寄進一

Shinichi Sakayori

1958年茨城県に生まれる。上智大学、ケルン大学、ミュンスター大学に学び、新潟大学講師を経て、現在和光大学表現学部総合文化学科教授。『砂漠の宝』で産経児童出版文化賞を、『犯罪』で本屋大賞特別企画「翻訳小説部門」の大賞を受賞。ほか訳書に「ネシャン・サーガ」シリーズ『春のめざめ―子どもたちの悲劇―』など多数ある。

｜画家｜

ヨシタケ シンスケ

Shinsuke Yoshitake

1973年神奈川県に生まれる。筑波大学大学院芸術研究科総合造形コース修了。『りんごかもしれない』で産経児童出版文化賞美術賞、MOE絵本屋さん大賞第一位（『なつみはなんにでもなれる』ほか本賞は四度受賞）などを、『このあとどうしちゃおう』で新風賞を受賞など。ほか作品多数。

世界ショートセレクション ❾

カフカ ショートセレクション
雑種

2018年8月　初版
2021年8月　第4刷発行

作者　フランツ・カフカ
訳者　酒寄進一
画家　ヨシタケ シンスケ
発行者　内田克幸
編集　郷内厚子
発行所　株式会社 理論社
〒101-0062 東京都千代田区神田駿河台2-5
電話　営業03-6264-8890 編集03-6264-8891
URL https://www.rironsha.com
デザイン　アルビレオ
印刷・製本　中央精版印刷
企画協力　小宮山民人　大石好文

ISBN978-4-652-20247-0　NDC943　B6判　19cm　207p

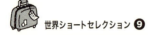